Des heures heureuses

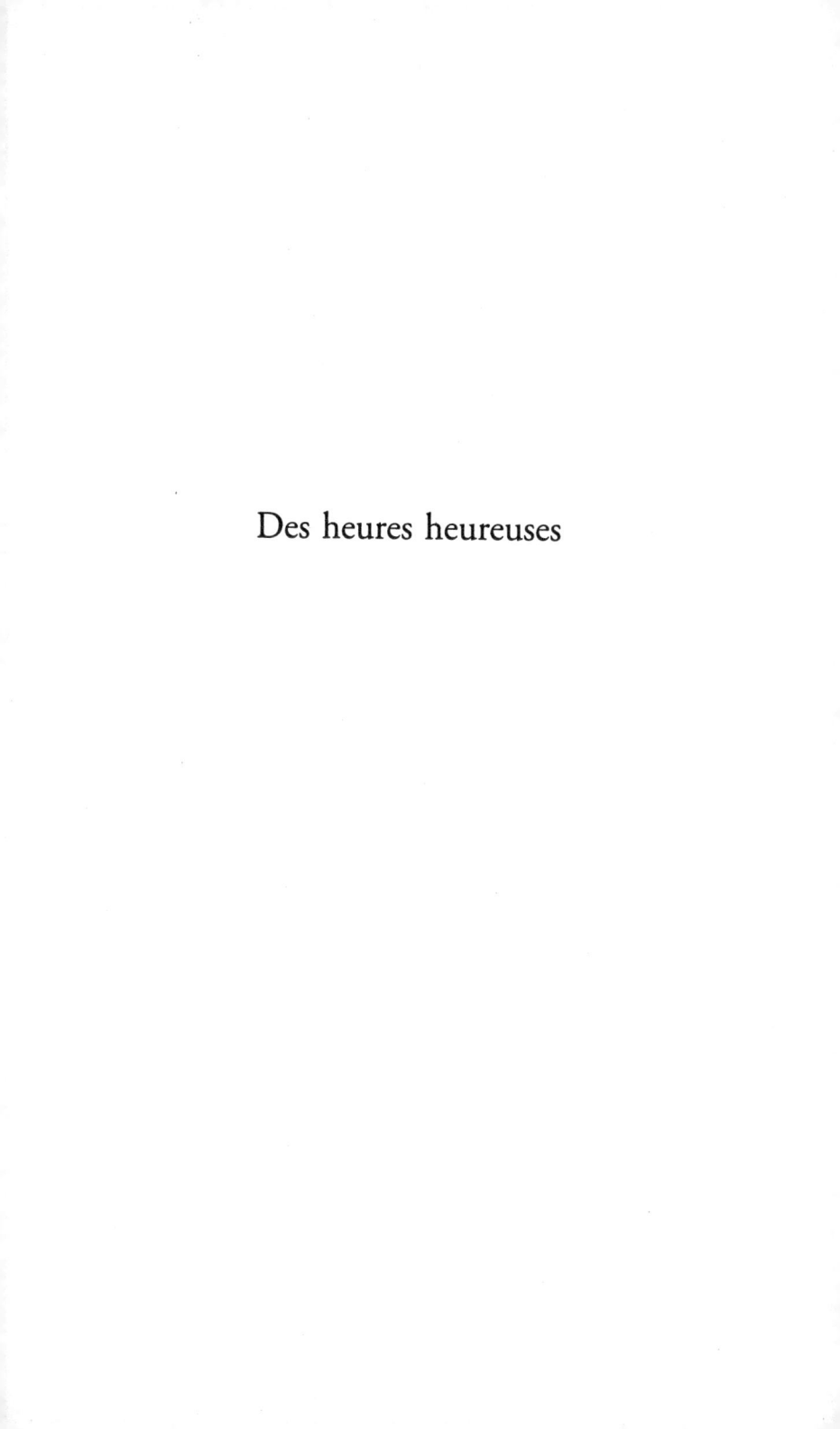

Du même auteur

Romans

Enterrement de vie de garçon, Stock, 2004, J'ai Lu, 2009
Les Liens défaits, Stock, 2006 (Prix Roger-Nimier 2006), J'ai Lu, 2010
Une si douce fureur, Stock, 2006, J'ai Lu, 2010
Une Belle époque, Stock, 2008, J'ai Lu, 2012
Une certaine fatigue, Stock, 2012
Soldat d'Allah, Grasset, 2014

Essais

Patrick Besson, Éditions du Rocher, coll. « Domaine français », 1998
Foot Business, Hachette, 2001
Le Nouvel Ordre sexuel, Bartillat, 2002
Les Bouffons du foot, Éditions du Rocher, coll. « Colère », 2002
À l'est d'Eastwood, La Table ronde, 2003
Clint Eastwood, Fitway Publishing Editions, 2005
Deuxièmes séances, Stock, 2009
De chez nous, Stock, 2014 (Prix Renaudot de l'essai 2014)
Dictionnaire chic de littérature française, Écriture, 2015
Les Mondes de Michel Déon, Séguier, 2018

Christian Authier

Des heures heureuses

roman

Flammarion

© Flammarion, 2018.
ISBN : 978-2-0814-3089-1

I

La première fois que Thomas vit Robert, ce dernier portait à ses lèvres un verre de vin et en cracha le contenu dans un seau à champagne en métal. Entre le jeune homme de vingt-six ans et son aîné de presque un quart de siècle, cela a commencé comme ça.

La scène était d'autant plus surprenante qu'elle avait lieu dans la salle d'un restaurant à l'heure du déjeuner alors qu'une dizaine de convives se serraient autour de trois tables dont l'une occupée par le cracheur. Cette table pour deux était la première que l'on découvrait en poussant la porte du P'tit Bouchon, restaurant-caviste qui, en une quinzaine d'années, s'était taillé une belle réputation dans la ville. La vision d'un type apparemment bien mis se livrant à une telle facétie sidéra Thomas tandis que l'homme reposa le seau sur la table en toisant le nouveau venu avec des mines de propriétaire. Le véritable propriétaire, Patrick Garcia, n'était pas dans la salle et Thomas en déduisit qu'il devait se trouver au sous-sol où son épouse concoctait dans une cuisine de poche les plats ayant contribué à la fortune de l'établissement. En ce vendredi des premiers jours de mai, il était un peu plus de quatorze heures et le service s'était étiré sans que les clients du P'tit Bouchon n'en semblent gênés, pas plus qu'ils ne paraissaient surpris par les manières saugrenues du solitaire, à moins que celles-ci ne leur aient échappé malgré le seau trônant ostensiblement devant lui. Pas assez familier de ce lieu qu'il ne fréquentait que depuis quelques semaines pour s'approvisionner en vins originaux, Thomas n'osa attendre le retour du patron afin d'acheter une bouteille. Il sortit en jetant un œil à l'étrange personnage qui le regarda à son tour avant de cracher une nouvelle fois dans le seau après avoir fait tourner un peu de vin dans sa bouche en gonflant les joues. Était-ce de l'indifférence ou du mépris qui se dégageait du regard de Robert Berthet ? Peut-être les deux.

Thomas avait cet âge où le futur est encore porteur de promesses enjôleuses, d'insouciance et de la croyance que les jours à venir réservent de belles surprises. L'incertitude inquiète, qui habitait nombre de Français de sa génération ayant eu vingt ans en ce début de XXIe siècle gangrené par le chômage, la précarité, les crispations identitaires, la violence ordinaire, lui était étrangère. Le confort bourgeois et l'aisance matérielle dispensés par ses parents l'avaient protégé de bien des tourments, mais de son père architecte et de sa mère créatrice de vêtements, il avait encore hérité une élégance sans ostentation, de bonnes manières et un physique séduisant. D'autres auraient exploité ces atouts de façon tapageuse. Thomas préférait se laisser porter par le cours des événements. Ainsi, il plaisait aux filles sans le savoir et la plupart de celles sensibles à son charme n'osaient pas toujours l'aborder. Cela ne l'avait pas empêché d'avoir des amoureuses et des aventures, mais dénuées du frisson, de l'excitation, de l'angoisse de l'âpre et lente conquête. De même, ce garçon franc et bon n'avait pas goûté aux joies de l'amitié masculine. Indifférent au sport et à sa pratique qui peuvent fédérer dans l'enfance et l'adolescence de solides fraternités, d'un tempérament solitaire, allergique à l'esprit de bande qui est l'un des bonheurs de la jeunesse, il s'était contenté de la fréquentation distraite de « copains » que les aléas de la vie avaient pour la plupart dispersés. Les passions politiques ne furent non plus d'aucun secours lors de ses études qui le virent pourtant, après deux années de droit, intégrer l'Institut d'études politiques de sa ville. Si l'actualité et l'histoire suscitaient chez lui un vif intérêt, il demeurait réfractaire à tout engagement militant, fût-il citoyen ou humanitaire, et il se trouva là aussi privé de la chaleur partisane qui continuait à réunir des hommes et des femmes. Quant à son goût pour la littérature, le cinéma et la musique de toutes les époques qui aurait pu le relier à certains de ses contemporains, il les cultivait à l'écart, dans un souci d'exhaustivité et une exigence assez anachroniques, tandis que ces passions le coupaient par ailleurs de celles de tant d'autres : les réseaux sociaux, la « fête », la bière et les alcools forts bus vite et en abondance, les voitures, la télévision et la vie des people…

Des heures heureuses

Alors que ses longues études étaient maintenant achevées depuis près d'un an et qu'il avait réussi à retarder, sans remontrances familiales, l'entrée dans la vie active qui se profilait néanmoins avec une évidence sûre d'elle-même, il regrettait les joies simples et grégaires qu'il n'avait pas connues. Cependant, il était trop tard et le mois de mai riche en jours fériés, propices comme en cette année 2011 à des ponts où le pays s'enfonçait dans une latence défiant la rationalité productiviste, Thomas ressentait une douce mélancolie, la *saudade* chère aux Lusitaniens, presque un bonheur d'être triste. Résolu à se donner d'ici septembre une « raison sociale », une activité salariée justifiant aux yeux de la société l'existence terrestre, il espérait néanmoins trouver une voie lui permettant de croiser des plaisirs auxquels il avait tourné le dos quand ils lui tendaient les bras : la rigolade, l'envie de grosses bêtises, la liberté prise avec les rappels à l'ordre intimés par le quotidien. Ce qu'il avait ignoré, il voulait le retrouver dans sa vie d'adulte. Bien sûr, Thomas savait qu'un emploi de convenance doté d'un salaire décent l'attendrait le cas échéant grâce au réseau familial, de la même façon que ses parents l'avaient installé depuis trois ans dans l'un des appartements en location qu'ils possédaient. Mais ce n'était pas cela dont il avait besoin, il rêvait de quelque chose de drôle et d'un peu sauvage.

II

Désagréable, hautain, méprisant, grossier, sans-gêne, vantard, goujat, abruti : ces qualificatifs, parfois redondants ou synonymes, revenaient à propos de Robert Berthet dans la bouche de nombreuses personnes le connaissant ou l'ayant juste côtoyé. Chez d'autres, sa réputation le précédait. « J'ai souvent entendu parler de vous, jamais en bien », lui dit un commissaire-priseur lors d'une vente aux enchères. « Imbuvable » était aussi une occurrence récurrente, ce qui n'était pas sans ironie à propos d'un individu dont l'activité d'agent en vins et spiritueux l'amenait quotidiennement à boire quitte à parfois recracher. « Connard » comptait également ses adeptes, tantôt décliné en « gros connard » ou en « parfait connard » ainsi que l'avait qualifié une attachée de presse lors d'une soirée de lancement de vins primeurs. À cette trentenaire élégante rencontrée quelques minutes auparavant, il avait demandé son âge. Sans en prendre ombrage, elle avait avoué dans un ravissant sourire qu'elle fêterait bientôt ses trente-cinq ans.

Des heures heureuses

« C'est marrant, tu fais plus... », avait répondu Robert en dodelinant de la tête avec la moue de celui qui a du mal à admettre son erreur. « Et toi, tu es un parfait connard », avait-elle rétorqué en tournant les talons. « De toute façon, maintenant, on ne peut plus rien dire ! », avait lancé l'insolent malgré lui. Car il ne choquait ni ne rebutait à dessein. La haute considération qu'il se portait lui semblait une évidence partagée par tous autorisant, de fait, quelques libertés avec les préséances qui prévalaient chez ses contemporains. Robert Berthet n'étant pas n'importe qui, il était naturel qu'il ne se comportât pas comme n'importe qui.

C'est nanti de ce sentiment et de quelques autres qui en découlaient qu'il avait avancé dans la vie. Cela lui avait valu de tenaces inimitiés, deux divorces, une certaine solitude, le fait d'avoir eu à plusieurs reprises le nez cassé, d'autres désagréments encore qui glissèrent sans dommages sur une inébranlable confiance en sa bonne étoile. Cependant, s'il n'osait se l'avouer, ce métier de représentant en spiritueux exercé depuis une quinzaine d'années commençait à insinuer une lassitude face aux tâches les plus rébarbatives : paperasse, livraisons aux restaurants, commandes... À ses yeux, les charmes de la profession résidaient dans la fréquentation des vignerons, les dégustations sur les salons, les déplacements à travers la France qui donnaient lieu à des agapes singulières, des déjeuners basculant en dîners, des nuits courtes mais joyeuses, des instants et des heures en suspension à l'abri des mornes habitudes de ceux qui allaient travailler de

Des heures heureuses

9 heures à 12 heures puis de 14 heures à 18 heures, avec congés payés, RTT, crédits à rembourser, weekends au supermarché, réunions de parents d'élèves et pavillon en banlieue en prime. À bientôt cinquante et un ans, Berthet ressentait le besoin d'avoir un sous-fifre, enfin un « employé », sur lequel il pourrait se décharger de ce qui gâchait son quotidien.

Puis, la niche dans laquelle il s'était lancé – celle des « vins naturels », des vins bio ou biodynamiques – connaissait une véritable expansion y compris dans sa province qui avait épousé, à sa manière certes plus modeste, la vague lancée à Paris au milieu des années 1990. Ces vins longtemps considérés comme déviants, concoctés par une secte d'illuminés préférant suivre les cycles lunaires et utiliser de la bouse de vache pour leurs vignes plutôt que d'employer tous les procédés et adjuvants que l'industrie agrochimique mettait à leur disposition, étaient devenus furieusement *tendance*. On les trouvait à la carte des restaurants et bistrots en vue qui prônaient le retour au terroir, aux produits, à l'authenticité, tandis que des cavistes un peu partout dans l'hexagone se spécialisaient dans le genre. Même des tables étoilées s'étaient converties à des bouteilles qui s'arrachaient aussi au-delà de nos frontières : au Japon, aux États-Unis, en Espagne… Des journalistes, des livres, des BD, des mangas, des blogs, des films dont le remarqué *Mondovino* de Jonathan Nossiter présenté au Festival de Cannes en 2004, faisaient monter la sauce. Dans certains milieux dépassant ceux des écolos post-soixante-huitards et des bobos, les vins naturels s'imposaient peu à peu. Il n'était plus rare de voir des bourgeois troquer leur cave remplie de bordeaux à forte reconnaissance sociale pour des « vins de vignerons », des « vins d'auteurs » ou d'« artisans ». Dans une frange éclairée, les vins boisés et vanillés, puissants et lourds promus durant les années 1980 par le fameux dégustateur Robert Parker via son guide n'avaient plus le vent en poupe. On se gaussait de ces jus « bodybuildés » et « américanisés » accusés de vouloir répandre sur la planète un goût standardisé défini par quelques œnologues et dégustateurs vendant leurs services et leurs techniques à des vignerons avides de retour sur investissement. Globalement, ce n'était pas faux, mais un nouveau snobisme chassait l'ancien, du moins dans les marges. Aux buveurs d'étiquettes prestigieuses destinées à étaler leur pouvoir d'achat répondaient d'autres buveurs d'étiquettes désireux de montrer leur singularité. D'ailleurs, les vignerons bio ou dits naturels ne s'y étaient pas trompés. Nombre d'entre eux, en particulier les plus jeunes, posaient sur leurs bouteilles des étiquettes colorées, fantaisistes, illustrées par des cochons, des chevaux, le buste dénudé de Brigitte Lahaie, le détournement de la mythique pochette de *Never Mind The Bollocks* des Sex Pistols, des citations, des slogans, des vers, des titres de films et une litanie de jeux de mots notamment autour des cépages ou des appellations que le classement fréquent en « Vin de table », devenu « Vin de France » leur interdisait de mentionner.

Dans une époque en quête de sens et de naturel, de développement durable et d'éthique, les vins bio enregistraient un essor incontestable, évidemment marginal au regard de la production totale relevant de l'industrialisation et de la consommation de masse, mais ils appartenaient à ces minorités agissantes dont l'influence ne se mesure pas seulement à l'aune d'un vulgaire chiffre. Boire un vin naturel ou obéissant aux règles de la biodynamie possédait une signification culturelle, esthétique, voire politique. On remettait au goût du jour un breuvage menacé par la bière, les alcools forts anglo-saxons et autres mix aux facultés enivrantes fulgurantes prisés par la jeunesse tout en soutenant des agriculteurs soucieux de la nature qui refusaient les pesticides, les herbicides, la chimie concoctée par les viles multinationales... L'argument sanitaire cher à des temps qui avaient érigé la précaution en principe n'était pas absent. Les vins bio bénéficiaient de la réputation justifiée d'être digestes et de ne pas « faire mal à la tête ». Cette dernière qualité, qui auréolait d'abord les rosés et les blancs, était due à la réduction drastique chez ces vignerons de la dose de soufre autorisée par la viticulture traditionnelle. Or, ce soufre, qui préservait en tant qu'antiseptique le jus de raisin fermenté, pouvait provoquer le lendemain, voire avant, une double barre frontale assimilée abusivement à la simple gueule de bois. En outre, trop de soufre annihilait les arômes originels du raisin devenu vin, ce qui nécessitait dès lors le recours à des levures artificielles afin de redonner un peu de goût au produit. Bref, boire du vin naturel permettait aux plus gourmands d'en ingurgiter des volumes conséquents sans avoir à souffrir des dommages collatéraux habituels causés par les vins conventionnels, sinon ceux dus au degré d'alcool. On comprend que cette faculté ait séduit des buveurs ne dédaignant pas les effets de l'ivresse.

À l'instar de tous les marchés en expansion régis par la loi de l'offre et de la demande, celui-ci voyait la concurrence s'exacerber autant du côté des producteurs que des distributeurs et agents parmi lesquels Robert Berthet s'était construit une solide position aujourd'hui menacée par des nouveaux venus désireux de se tailler une part du gâteau. Les prix flambaient, les ambitions s'aiguisaient. Objectivement, il lui fallait réagir. Pourquoi pas avec du sang neuf en la personne d'un collaborateur ainsi que lui recommandaient des amis cavistes et restaurateurs ? Les manières abruptes et désinvoltes de celui qui avait détenu un quasi-monopole sur la diffusion de ces vins dans la ville et la région passaient moins facilement qu'avant maintenant que d'autres, plus accommodants, plus commerciaux, arrivaient dans la partie. Toutefois, ceux qui s'imaginaient détrôner Robert Berthet de son royaume n'étaient pas au bout de leur peine, se disait-il. Ils ne connaissaient pas Bobby...

III

Depuis quelques semaines, Thomas buvait. Méthodiquement, avec une application qui lui avait servi dans ses études. À l'inverse de tant de gens de son âge, il ne s'abreuvait pas d'alcools communs comme la bière, la tequila, la vodka, le whisky mêlé de Coca. Non, il buvait du vin, boisson qu'il n'avait guère prisée jusque-là sinon lors des fêtes et anniversaires célébrés en famille. La révélation s'était produite un jour de janvier 2011 en entendant sur France Inter un auteur faire la promotion de son livre intitulé *Mes vins de copains*. L'invité parlait de « jus non frelatés », de « la mémoire du goût », de « poètes de la Dive Bouteille », de « rebelles honorant Bacchus », de « la primauté de l'être sur le paraître, du beau et du vrai sur les représentations falsifiées de la société du spectacle ». Résonnaient dans la radio des noms de vignerons scandés avec la même évidence que l'on mettait à propos d'artistes de génie. Un autre terme, « vin naturel », revenait régulièrement. Tout en donnant une définition basique de la chose, « des vins faits le plus naturellement possible », l'auteur livrait des caractéristiques plus précises en évoquant des vendanges manuelles, des petits rendements, le labour des vignes avec des chevaux, l'absence d'usage de pesticides et d'herbicides, peu ou pas de soufre... D'autres notions lui étaient restées obscures, mais le novice avait entrevu un monde inconnu qu'il brûlait de découvrir.

Dès lors, après avoir lu le livre qui répertoriait une cinquantaine de vignerons français à travers des portraits où le sensible n'excluait pas l'érudition, il entreprit de trouver des cavistes proposant ces vins si singuliers. La quête se révéla dans un premier temps infructueuse car, en poussant la porte des établissements les plus en vue, Thomas ne récolta que des réactions circonspectes. Devant ses demandes précises de domaines ou de vignerons s'affichaient des mines témoignant ignorance ou hostilité à peine masquée. Au mieux, on lui proposait des bouteilles ornées des logos « bio » ou « AB » pour « agriculture biologique » sans que celles-ci ne recoupent la liste des vins recherchés. Loin de décourager le jeune homme, ces échecs rendirent les objets convoités encore plus désirables. La solution surgit d'Internet où il dénicha des références de cavistes apparemment spécialisés dans les vins naturels. Enfin, Thomas trouva de ces bouteilles tant espérées. Un morgon, trop léger et fin pour son palais, le déçut, mais d'autres cuvées du Languedoc, du Roussillon, des Côtes-du-Rhône et de Provence le séduisirent par leurs expressions fruitées. Oui, c'était cela qui le frappait d'abord : du fruit... Rien de surprenant dans l'absolu puisque le vin était issu du raisin. Pourtant, il n'avait jamais ressenti auparavant cette filiation, sinon avec un bourgogne rouge ouvert par son père un soir de Noël lorsqu'il avait quatorze ou quinze ans et dont il eut le droit de boire un verre. Le goût de cerise s'était inscrit alors dans un coin de sa mémoire sans que les autres vins bus depuis ne réveillent une telle sensation. Au fil des semaines, Thomas s'attela à la dégustation de dizaines de vins à raison d'une bouteille tous les deux jours. Il l'ouvrait avant de dîner, le goûtait et la moitié de la bouteille disparaissait pendant le repas. En autodidacte désireux de rattraper le retard, il apprenait vite, notait sur un carnet les vins dégustés avec leur millésime et des notes sommaires – « goût de framboise », « parfum de violette », « reste en bouche » – qui lui donnaient le sentiment de ne pas boire sans raison. La lecture d'autres livres marqués au Stabilo et la fréquentation de sites dédiés aux vins naturels le familiarisèrent avec un univers qui possédait son vocabulaire, ses mots de passe, ses images, ses concepts, bien que certains conservent leur mystère et leur abstraction. Les cépages aussi devaient être apprivoisés – carignan, syrah ou grenache au sud de la Loire ; pinot noir (à ne pas confondre avec le pineau d'Aunis...), gamay, chardonnay ou chenin généralement au nord de la Loire – mais certains traversaient la frontière. Comme dans les conjugaisons ou les déclinaisons, il fallait se méfier des faux amis tels le cabernet, le cabernet franc, le cabernet sauvignon qui lui-même se distinguait du sauvignon...

Au fil de ses investigations, Thomas cibla ses achats auprès de trois cavistes en pointe dans le domaine des vins naturels. Illustrant l'image baba cool accolée à ce milieu par certains professionnels *respectables* désireux de le confiner dans une marge inconfortable, Le Glou Glou était tenu par un hippie échappé de Woodstock et de la mythologie *flower power*. Longs cheveux rarement lavés ou peignés, barbe aussi fournie mais pas plus entretenue, vêtu de tee-shirts informes et de vieux jeans trop larges tombant sur des pieds nus chaussés de sandales quelle que soit la saison : Gérard, alias « Gégé » ou « Djé » pour les familiers, maintenait à sa façon une tradition. Dans son bouge tout en longueur et mal éclairé où l'odeur de shit se mêlait à celle de la pisse de chats (Jimmy et Robbie, deux siamois chafouins), sa silhouette décharnée proposait une sélection de vins roublards et surprenants. Les blancs avaient souvent des robes ocre ou orange, les rouges avançaient une couleur pétrole ou bien étaient aussi clairs qu'un rosé quand les rosés du Glou Glou ressemblaient à du sirop de grenadine. Pour le passant qui échouait là par hasard, dans cette rue piétonne riche en kebabs et en restaurants, il valait mieux être conseillé. Or, les conseils de « Djé » se révélaient laconiques et ésotériques pour le commun des buveurs : « Mmmm... Ouais... », « C'est frais, mais avec du gaz », « Il est plutôt animal ». D'autres clients, plus avertis, prenaient des mines complices en hochant la tête. À mi-chemin entre les néophytes et les connaisseurs, Thomas aimait cet endroit et son propriétaire peu soucieux de plaire, indifférent à la rigueur que réclamaient les lois du commerce, aussi anachronique qu'un Cheyenne à cheval à l'époque de l'automobile. C'est par ailleurs au Glou Glou qu'il but pour la première fois des vins d'Auvergne joyeux et profonds qui participèrent à sa conversion. Car Djé, par ennui parfois, par goût souvent, n'hésitait pas à ouvrir une quille à un client circonspect ou curieux. En général, la bouteille était descendue rapidement et le visiteur repartait avec « la petite sœur ». Économiquement, ouvrir une bouteille pour en vendre éventuellement une ou deux ne trempait pas dans les eaux froides du pur échange marchand, mais Djé se voyait plus en pasteur ramenant les brebis égarées vers le bien boire qu'en commerçant.

Une autre morale prévalait du côté des Bons Canons où Lionel et Cynthia avaient compris la différence entre la valeur d'usage et la valeur d'échange ainsi que les mérites de la plus-value. Dans leur élégante « cave à manger », ainsi que les journaux avaient baptisé ces cavistes proposant du solide, ce qui donnait droit à l'établissement de servir du liquide, ils affichaient quelque cent cinquante références balayant à peu près tout ce que le vignoble français comptait de plus réputé dans le genre. De nombreuses exclusivités sur des domaines à la production aussi mince que recherchée permettaient au couple de pratiquer de robustes coefficients multiplicateurs. Un vin acheté au vigneron cinq ou six euros était revendu dans leur cave vingt ou vingt-cinq. Si l'on voulait le boire sur place, il fallait commander un plateau de charcuterie ou un autre bouche-trou tout en honorant un droit de bouchon de huit euros par bouteille. Ne pas se faire tondre en mettant les pieds chez ceux que beaucoup nommaient « les Thénardier » ou « terroir-caisse » se révélait presque mission impossible, mais la plupart de leur clientèle faite de néo-bourgeois se piquant de boire « sain » et autrement que la masse n'était guère regardante sur les additions. Peu enclin à dilapider ainsi les mille euros mensuels que lui octroyaient ses parents, Thomas ne venait aux Bons Canons qu'avec parcimonie et pour dégoter un flacon rare qu'il dégusterait dans son appartement au dernier étage d'un vieil immeuble de la place des Carmes au-dessus de l'agitation des terrasses des bars et des restaurants qui, à partir du mercredi au samedi soir, transformaient le quartier en passage obligé pour une population bourgeoise rassemblant autant des étudiants que ceux qui auraient pu être leurs parents ou leurs jeunes grands-parents. Quand il voulait côtoyer ses contemporains, Thomas se dirigeait plutôt vers la place Dupuy et Le P'tit Bouchon de Patrick Garcia où il était fréquent qu'après dix-huit heures la présence de quelques habitués devienne le prétexte à un apéro improvisé. Le patron proposait pâtés, saucissons, sardines et anchois, ou des mets plus cuisinés. Si ce rendez-vous valait le détour par la cohabitation entre passionnés de vins, clients de passage ou simples soiffards, les libations réservaient des soirées assurément cocasses où la crème du P'tit Bouchon se retrouvait, c'est-à-dire une quinzaine d'individus, cercle plus ou moins fluctuant au gré des fâcheries et des intronisations, formant ce que Pierrot, pilier et mascotte du lieu, avait baptisé « le Clup ».

IV

— Au nez, ça sent la merde. En bouche, on regrette que cela n'en soit pas...

Patrick Garcia aimait user de cette formule, prêtée à Jacques Chirac à propos de la cuisine anglaise, quand il ouvrait une bouteille bizarre à des membres du Clup. Le « bizarre » avait ses adeptes et ses détracteurs au P'tit Bouchon. Pierrot se situait entre les deux et tranchait d'un sempiternel « C'est pas mal... », voire d'un « C'est pas trop mal... » s'il pressentait que ladite bouteille pouvait provoquer une controverse à laquelle il ne voulait pas se mêler. Ce qui comptait d'abord à ses yeux, ou plutôt à sa bouche, était le niveau de son verre et la fréquence de la remise à niveau. Une position hostile trop tranchée risquait de fâcher le patron et de le priver de la substance recherchée. Car Pierrot venait là non pour déguster, découvrir, comparer, établir une nomenclature des cépages ou des arômes, mais pour boire, si possible sans bourse délier en s'agrégeant à une table ou un groupe où il comptait suffisamment d'amis ou de connaissances afin de se faire rincer le gosier. Le stratagème faisait partie des conventions, ce qui n'empêchait pas parfois de vifs échanges. Il suffisait que Pierrot tende son verre vide de façon ostentatoire pour que quelques lazzis servent de détonateur à des joutes ayant fait la réputation du Clup.

— Et allez ! T'as pas assez bu ivrognasse ? lançait le Toubib, le plus prompt à allumer les hostilités.

— Ta gueule, le gros con. Et chez toi, y a des glaces en bois ? Non, mais tu t'es vu ? T'as ton verre plein et tu couines... Je bois moins que toi ! Connard, va...

— Avec ce que tu t'es mis hier soir, tu arrives encore à picoler ? T'étais joli, y paraît.

— Ah oui ? Qui te l'a dit ?

— J'ai mes sources, Pierrot, t'inquiète. Je sais tout...

— Ouais, c'est ça. Tu sais rien du tout docteur de mes deux...

— Suffit de regarder ton bide. La chemise va exploser. C'est la binouze ça ! Vas-y, continue...

— Je fais ce que je veux et c'est pas un gros connard d'alcoolique qui va me dire ce que je dois faire ! Du ventre ? Regarde plutôt le tien. Moi, je fais de la rétention, c'est tout. Tu sais ce que c'est non ? T'as fait médecine ou pas ?

— De la rétention de vinasse, oui...

— Ferme ta gueule ou je vais t'emplâtrer !

— Toi ? J'aimerais voir ça !

— Putain, qu'il est con ce con !

À ce moment-là, Pierrot empoignait le Toubib par le col et celui-ci mimait un coup de tête en retour, ce qui lui valait un « T'amuse pas à ça, tu pourrais le regretter... ».

L'affrontement se terminait en chansons, Pierrot entonnant à tue-tête son répertoire favori dont *Non, je ne regrette rien, Mon vieux, Et tu danses avec lui, Le Chant des Africains* et *Il venait d'avoir dix-huit ans* constituaient le socle. L'exercice adoucissait les mœurs sauf quand un débat s'ouvrait sur les paroles des chansons. Dalida chantait-elle « J'ai mis de l'ordre à mes cheveux » ou « J'ai mis de l'or à mes cheveux » ? Chacun y allait de son avis, les esprits s'échauffaient à nouveau puis tout le monde riait. Un autre rituel consistait à titiller Pierrot sur l'Allemagne. Il n'aimait pas les Allemands qu'il baptisait tour à tour de Boches, Schleus, Fridolins, Fritz, vert-de-gris, Schmidt, Doryphores, casques à pointe... Sur nos voisins, il se faisait intarissable. Sa germanophobie se nourrissait autant d'événements historiques que sportifs : 1870, l'Alsace et la Lorraine, le coup d'Agadir, les deux guerres mondiales, deux demi-finales de Coupe du monde (Séville 1982 et Guadalajara 1986). Avec quelques verres supplémentaires et des encouragements, les griefs s'élargissaient. Il pouvait même remonter au Saint Empire romain germanique. Selon lui, l'Allemand était à peu près coupable de tout, hier et aujourd'hui : les guerres en Yougoslavie, le dopage dans le foot, le chômage en France, le tourisme sexuel en Asie... Encore avait-il le privilège de ne pas connaître les films de Fassbinder ou les romans de Günter Grass. En fait, avec les Teutons, Pierrot ne partageait que le goût pour la bière et ne se montrait guère regardant sur l'origine de celle qu'il consommait à un rythme digne d'une fête munichoise. En dépit de ses humeurs ou grâce à elles, la monotonie n'avait pas son rond de serviette au P'tit Bouchon. D'autres profils atypiques participaient au climat buissonnier de l'endroit tels ces deux étudiants en histoire qui se disaient royalistes tout en partageant avec Pierrot des sentiments anti-Allemand ainsi qu'un penchant pour les chansons. Leur chant préféré célébrait les Camelots du Roi et Charles Maurras qui rimait avec « as » et « sensass », promettait à la République baptisée également « la Gueuse » les pires humiliations, jurait le retour de « la royauté pour cet été ». Les rimes faciles favorisaient l'apprentissage des paroles aux béotiens même si l'exercice suscitait parfois froncements de sourcils ou désapprobations plus marquées chez des bobos susceptibles quant à tout ce qui touchait la République et ses valeurs, le « vivre ensemble » et autres totems. En principe, ils étaient pour la tolérance, l'ouverture et la liberté d'expression, mais celles-ci avaient dans leurs esprits des limites dessinées par des barbelés. Si la tension montait un peu trop, Garcia lançait une Internationale que les jeunes monarchistes entonnaient avec ferveur. À sa façon, Le P'tit Bouchon offrait un panel bigarré des sensibilités traversant le pays sans que les opinions politiques ne viennent parasiter l'essentiel : un amour partagé pour des vins libres et vivants. De Stéphane, professeur de droit dépressif, à Joseph, alias Jojo, journaliste alcoolique, en passant par Jean-Baptiste, dit Jibé, dont personne n'avait réussi à comprendre ce que recouvrait son activité revendiquée de « consultant-veilleur sur les réseaux sociaux » ; chacun enrichissait l'estaminet de Garcia de sa singularité, d'un rejet des balises et des codes intimés par la vie sociale. Chez ces zèbres, l'incartade et l'échappée belle n'étaient pas que des vues de l'esprit. Certains franchissaient le pas en tournant le dos aux destins programmés.

Ainsi Jean-François Gravier, ancien avocat qui s'était lancé dans le vin en consommateur puis en producteur. Porté sur la bouteille, il avait découvert les vins naturels quatre ans auparavant et s'était transformé en véritable fanatique avec la ferveur des nouveaux convertis. Quand un client lui proposa de racheter quelques hectares de vignes familiales en déshérence non loin de là, dans le Frontonnais, l'hésitation ne fut pas de mise. Du jour au lendemain, il quitta la robe pour devenir vigneron. Sa femme, elle aussi avocate, demanda le divorce et la procédure fut rapidement menée par ces professionnels jusque-là plus habitués à solder les mariages des autres. Deux ans plus tard, Gravier présentait ses premières cuvées. Conseillé et épaulé par des vignerons « nature » rencontrés sur des salons ou au gré de ses pérégrinations œnologiques, il avait décidé de bannir tout intrant dans les vignes comme dans le chai, jusqu'au soufre – ce que peu osaient, y compris les plus expérimentés, quitte à en utiliser des doses minimales susceptibles d'éviter des défauts trop rédhibitoires. Pas de demi-mesures chez Gravier : « Je veux du 100 % nature ! Pas de saloperies ! », se justifiait-il. Une telle intégrité forçait l'admiration, ses vins un peu moins.

Lorsqu'il eut enfin ses premières bouteilles, l'ex-homme de loi les fit goûter au P'tit Bouchon de manière subreptice, demandant au patron d'en servir un verre incognito à des membres du Clup. Aucun préjugé, aucun propos de circonstance ne pouvait dès lors parasiter la pureté et l'honnêteté du jugement. Un jour, attablé seul en terrasse peu avant dix-neuf heures en lisant le quotidien local avec un verre de blanc, le Toubib prit le nouveau verre, de rouge cette fois, que lui tendit Garcia sans même lever la tête de son journal. Derrière lui, Garcia, Gravier et Thomas guettaient sa réaction.

— Putain, mais qu'est-ce que c'est que cette merde ? lança-t-il à peine après avoir trempé ses lèvres dans le verre qu'il reposa en manquant de s'étrangler.

Gravier s'avança en souriant.

— C'est mon malbec.

— Mais qu'est-ce tu as mis là-dedans ?

— Rien justement, enfin que du raisin, ça te plaît pas ?

— Ben, c'est spécial, non ? Ça a comme un goût de charbon...

Soucieux de ne pas braquer le néo-vigneron, le Toubib prit soin de modérer son aversion initiale et détourna l'attention.

— Pourquoi tu ris toi, tu l'as goûté ? lança-t-il à Thomas.

— Euh... Oui. Je pense comme toi. Entre le charbon et le pétrole peut-être.

— Dans dix ans, ce sera culte, trancha Garcia comme pour s'en convaincre. Vous verrez, vous m'en demanderez tous...

En attendant, c'était surtout imbuvable et les avis se révélèrent convergents à l'exception notable de l'Archi, Bernie, architecte de son état et fidèle à son tempérament peu farouche quand il s'agissait de se risquer sur l'étrange. Même Pierrot prit ses distances avec les cuvées de Gravier – deux rouges, deux blancs secs, un rosé, un truc pétillant entre le blanc et le rosé – qu'il goûta cependant avec une conscience manquant trop souvent aux professionnels. Heureusement, si Gravier doutait beaucoup de ses vinifications, n'hésitant pas à se perdre dans des hypothèses ésotériques, il restait hermétique aux réactions concrètes des buveurs. Il ne les entendait pas, préférant repérer dans des réserves exprimées avec les formes – « C'est intéressant, mais il est quand même très acide... », « D'après moi, faut attendre un peu avant de les boire », « Il y a quelque chose... », « Je préfère le deuxième blanc » – une approbation

tacite ou un encouragement. Au fil des semaines et en l'absence du vigneron, Garcia brandissait ses vins tel un ultimatum : « Si vous me faites chier, j'ouvre un Gravier… » Heureusement, cela restait en général à l'état de menace un peu comme à la grande époque de la dissuasion nucléaire entre les États-Unis et l'URSS. Seuls quelques-uns, de temps en temps, se voyaient infliger un verre de Gravier à la façon d'un bizutage. Rien de méchant.
— Dans dix ans, ce sera culte, répétait le patron.
Personne n'était pressé de découvrir ce futur proche et nombre des fidèles du P'tit Bouchon y venaient plutôt pour ralentir la marche du temps, vivre dans un présent perpétuel fait de tournées et de verres vite remplacés par d'autres. Si le subterfuge était voué, au final, à l'échec, il donnait l'illusion de ne pas avancer trop vite, de retarder les échéances. La lenteur et l'indolence n'étaient pas des poses chez ces inadaptés. Dans leurs échanges et leurs attitudes, l'âge mental n'était pas toujours très élevé, mais il leur était bon de retrouver un esprit et des gestes de sales gosses.

V

« Je paie assez d'impôts comme ça, bordel... », maugréa Robert Berthet en poussant la porte du P'tit Bouchon avec un PV déchiré dans la main droite. Les derniers clients du déjeuner, un jeune couple achevant ses desserts, lui jetèrent un regard aussi discret que craintif. Berthet affichait sa mine des mauvais jours, celle en général provoquée par une défaite de l'OM, une livraison en retard, un embouteillage ou la dernière réforme du gouvernement du moment. Il n'aimait pas les lois, les règlements, les interdictions qu'il prenait tel un affront personnel.

Au P'tit Bouchon, Robert Berthet, alias Bob ou Bobby selon le degré de familiarité, bénéficiait d'un statut particulier. Vendant du vin au patron et honorant fréquemment l'établissement de sa présence à déjeuner ainsi qu'aux apéros du soir, il se sentait là comme *chez lui* au sens le plus littéral du terme. Il fallait donc voir le jeune quinquagénaire portant beau s'installer d'autorité à une table, poser ostensiblement un sac en toile rempli de bouteilles au sol, descendre au sous-sol pour en remonter une carafe ou un seau à champagne, apostropher bruyamment des connaissances attablées, voire s'exclamer si Garcia était en bas : « Patron, du vin ou on encule le chien ! ». « Ze french teuch », se gaussait Pierrot, pourtant pas avare non plus de formules imagées, devant les audaces verbales de l'énergumène.

Plus que par le PV, Berthet était tendu ce jeudi-là par la raison de sa présence à la cave restaurant de son ami : l'entretien d'embauche. Depuis quelques semaines, il s'était laissé convaincre par Garcia, le Toubib et Jojo de la nécessité d'engager un assistant, un bras droit, un *sparring-partner*. Une « béquille » avança maladroitement Jojo un soir.

— Tu me vois comme un boiteux, c'est ça ? Un handicapé ?

— Non, je me suis mal exprimé, rectifia Joseph. Je voulais dire : un support, un appui fidèle, quelqu'un qui te soutienne et qui te suive. Regarde l'Histoire. Rien de grand ne se fait tout seul.

Jojo se fit lyrique, limite confus. L'alcool avait fait son œuvre, mais l'enthousiasme du journaliste, d'habitude prompt à macérer dans des idées noires suggérées par ce qu'il appelait « le peu d'avenir que porte le temps où nous sommes », impressionna Berthet.

— Derrière chaque grand homme, il y a un alter ego. Que des tandems, des duos : Sherlock Holmes et le docteur Watson, Don Quichotte et Sancho

Pança, de Gaulle et Michel Debré, Batman et Robin, Zorro et Bernardo, Tapie et Bernès...

— Ouais, mais Tapie a fini en taule, Bernès aussi d'ailleurs...

Gravier et le Toubib enchaînèrent : John McEnroe et Peter Fleming, Richard Burton et Elizabeth Taylor, Laurel et Hardy, Peter et Sloane, David et Jonathan, Jonathan et Jennifer, Roux et Combaluzier, Lagarde et Michard... Les invocations de duos marquants fusaient maintenant dans tous les sens.

— Ça va, ça va... J'ai compris. Pas la peine de se foutre de ma gueule...

À plusieurs reprises au P'tit Bouchon, il avait parlé et bu avec ce Thomas qu'on lui vantait avec insistance. Pour un farouche individualiste comme Berthet, embaucher quelqu'un s'approchait de la révolution copernicienne, de la conversion à une religion exotique. Le Thomas en question ne lui avait pas fait mauvaise impression : poli, un regard franc, une bonne descente, bien habillé, sachant se tenir en retrait et avancer à l'occasion un avis tranché. Il fallait bien convenir que ces qualités se faisaient rares même si Berthet ne les considérait pas toutes comme appropriées à sa propre personne. Justement, l'alliance de deux tempéraments différents ne forgerait-elle pas la complémentarité sur laquelle les aventures collectives fondaient leurs succès ?

À la surprise de Berthet comme de Thomas, ainsi qu'à celle des membres du Clup, l'affaire fut conclue promptement. Le futur patron exposa au futur employé les tâches qui lui incomberaient toutes ou en partie : assurer la réception et le rangement des vins dans sa cave, démarcher et livrer des restaurateurs dans la ville, trouver de nouveaux clients, actualiser le site Internet, l'accompagner sur les Salons...

Le salaire ? Mille deux cents euros mensuels en liquide plus des primes (cent euros pour chaque nouveau restaurant ayant commandé plus de quatre-vingt-seize bouteilles sur trois mois). Pas d'horaires fixes car on pouvait travailler le week-end, faire relâche certains jours. Pas de congés payés de fait, ni de RTT, de cotisations retraite et autres paperasseries que Berthet voyait d'un mauvais œil et dont Thomas ne se souciait pas.

— Surtout, tu vas être formé, insistait Berthet. Je vais t'apprendre un métier, tu seras bientôt un as dans le domaine du vin naturel et ça, ça n'a pas de prix. Grâce à moi, tu vas goûter des bouteilles d'exception, rencontrer les meilleurs vignerons, aller dans de grands restaurants...

La perspective de tutoyer l'excellence ne pouvait que fouetter l'imagination du jeune homme avide de connaissances et d'expériences sortant de l'ordinaire. Les jours suivants, Berthet imposa à son élève de goûter six à huit bouteilles différentes lors de séances se déroulant de onze heures à quatorze heures ou de dix-huit heures à vingt heures. Elles avaient lieu au P'tit Bouchon, chez Berthet ou dans un restaurant où ils venaient livrer. Dans ce cas, Berthet en profitait pour faire découvrir aussi au patron de l'établissement les jus en question avec l'espoir de le séduire. Chez Garcia ou dans la cuisine de Berthet, la parole était plus libre, moins commerciale. Au gré de ces dégustations, Thomas comprit la nécessité du seau qui l'avait troublé la première fois où il vit son futur patron cracher dedans au P'tit Bouchon. Il fallait recracher le vin sous peine d'être rapidement ivre.

— Il faut d'abord adapter ton discours à l'interlocuteur, annonça le maître. Dans les clients, il y a quatre familles : le néophyte complet, celui qui n'y connaît pas grand-chose de plus mais qui veut en avoir l'air, celui qui aime vraiment ces vins et enfin le spécialiste. Au fil du temps, tu découvriras des nuances, tu affineras, mais globalement les quatre familles sont une grille d'évaluation efficace. Au premier, celui qui n'y connaît rien, pas besoin de l'assommer avec des termes techniques, tu lui sers des choses qu'il comprenne. La formule magique ? « C'est fruité et sec à la fois. » Sinon, tannique, corsé, léger, digeste, ça passe aussi. Tu peux oser le mot « bio ». En général, ça plaît. Pour le deuxième qui veut se la péter : tu l'embrouilles, tu l'impressionnes. Il n'osera pas montrer qu'il ne comprend pas vraiment ce que tu lui dis. À celui-là, tu parles de complexité, de belle minéralité ou de belle acidité, de profondeur, de finesse. Tu lui cites les cépages, tu vantes les méthodes du vigneron, le travail de la vigne comme les vendanges manuelles et le labour, les petits rendements, l'absence de filtration, le faible taux de soufre ou de « SO2 » – ça fait plus spécialiste – et tu parles de « vin bio » ou de « biodynamie » si tu sens que cela l'intimidera un peu plus. Tu fais mine d'être entre initiés. Le troisième : c'est le client idéal. Il n'est pas chiant, il aime ces vins et ne va pas t'emmerder avec ceci ou cela. Il suffit de le flatter et de le conforter dans ses goûts. Tu lui sers quand même tout le toutim : vendanges manuelles, pas de filtration, levures indigènes, pas ou peu de soufre… Quant au spécialiste, c'est le plus compliqué parce qu'on ne peut pas lui dire ou lui refourguer n'importe quoi. Faut le cibler, cerner ses goûts, pas essayer de l'enfumer, l'orienter vers des vins bien choisis. S'il mord à l'hameçon, il reviendra.

Grâce à Berthet, le vin et ses consommateurs devenaient un jeu assez simple, du moins sous l'angle de la vente.

— Voilà pour les grandes lignes. Cela dit, hormis avec le spécialiste, mais dans un premier temps je m'en occuperai, il peut y avoir des arguments qui marchent aussi pour les trois premières familles. Une règle d'or : les défauts, tu les présentes comme des qualités. Un rouge qui pétille à l'ouverture, tu évoques « un léger perlant ». Si le type reste méfiant, tu lui vantes la présence de gaz carbonique qui signifie que le vin n'est pas aseptisé par le soufre et par tous les adjuvants possibles. Cela veut dire qu'il est vivant et sain. Hop, une petite couche sur le bio ou la biodynamie et ça roule… Bon, après, il y a la question des appellations et des régions. On verra ça au fur et à mesure, mais certaines ont mauvaise réputation auprès du grand public – famille un et deux – comme le Beaujolais qui est associé à la piquette du beaujolais nouveau au goût de banane, mais les autres savent que l'on produit de grands vins là-bas et que le terroir n'est pas très éloigné de la prestigieuse Bourgogne... Enfin, primordial : le pouvoir d'achat du client potentiel. Il faut vite l'identifier pour ne pas perdre de temps et voir l'oiseau s'envoler si tu lui fais peur avec des tarifs trop élevés. Attention aussi aux étiquettes : celles à la con avec des jeux de mots, des dessins et des couleurs bariolées, c'est pour les familles trois et quatre, les deux et la une avec précaution. Les étiquettes classiques, Château de la Pompe et consorts, peuvent plaire à tout le monde en fonction du contenu.

L'élève apprenait vite, discernait l'essentiel des détails cependant indispensables à l'excellence qu'il visait. Il répétait, tel un comédien, ses répliques à d'hypothétiques interlocuteurs. Un taux d'alcool égal ou supérieur à 13 degrés ? Rétorquer par la fraîcheur et la buvabilité, souligner que ce vin n'est pas boisé ni lourd. Pour le champagne : mettre en avant son caractère vineux ou bien la finesse des bulles, promouvoir auprès des connaisseurs le « zéro dosage » et le « brut nature », c'est-à-dire la quasi-absence de sucre, mieux qu'un extra-brut... Ce vin rosé à la robe sombre proche de celle d'un rouge ? Un rosé d'apéritif qui peut aussi se servir à table – élément de langage également valable pour certains champagnes.

Un blanc oxydatif ? Ne jamais dire oxydé et à destiner en priorité aux familles trois et quatre. Thomas avait apprécié l'astuce consistant à présenter les défauts, ou du moins certaines caractéristiques pouvant être prises pour des défauts, comme des qualités. Des vins troubles, avec du dépôt au fond de la bouteille ? Nos vins ne sont pas filtrés ! Nature d'abord ! Naturels toujours !

La nomenclature des arômes était extensible et laissait place à l'imagination, voire à la suggestion : abricot, pamplemousse, orange amère, fruits rouges, cerise, griotte, violette, fleurs blanches, noix, coing, pêche, terre, sous-bois, champignon, truffe, citron, cire… Les qualificatifs « animal », « épicé », « iodé », ainsi que le terme « pierre à fusil » devaient être maniés avec finesse. « Boisé » était à bannir au profit d'un « léger élevage en fûts » qui désamorçait les préventions.

En compagnie de Garcia et d'autres fidèles des vins naturels, Berthet ne s'embarrassait pas de telles circonvolutions. Sous les énoncés savants de « volatile » ou de « réduction », ils laissaient libre cours à des expressions plus parlantes pour désigner les parfums, voire les saveurs, dégagés par la bouteille : œuf pourri, la ferme, la bouse, la merde… Une autre expression, « ventre de lièvre », laissait Thomas dubitatif.

— T'as déjà senti un ventre de lièvre ? demanda-t-il à son éducateur.

— Non, mais j'imagine…

Des heures heureuses

— Comment tu vends ces trucs ?
— Tu conseilles un passage en carafe d'une demi-heure ou une heure. Si, en plus de l'odeur de pourri, il y a des bulles, du gaz, tu expliques comment dégazer. Famille deux et trois. Quatre, elle connaît.

Thomas avait déjà vu Berthet ou Garcia se saisir d'une bouteille ouverte, la boucher avec un pouce et l'agiter comme les pilotes de Formule 1 quand ils célébraient leur victoire sur le podium. Sauf que là, il ne fallait pas faire gicler le vin sur les voisins, mais soulever légèrement le pouce afin que le gaz s'échappe dans un bruit évoquant le relâchement gastrique. Puis, il découvrit vite l'existence d'une sous-famille au sein de celle des spécialistes : les intégristes, ainsi que les nommaient Berthet et d'autres. Eux ne juraient que par le naturel, le sans soufre, le pur, le sauvage… Une profession de foi, une idéologie, un dogme. Pour la plupart, peu importait que le jus de raisin fermenté sente la fiente, ait un goût de cuivre ou saisisse le palais par un pétillement digne d'un Coca. C'était « naturel », « biodynamique », donc bon par essence. Ils étaient les plus drôles, les plus étranges, parfois les plus attachants. Un peu comme Fox Mulder dans la série *X-Files*. On n'était pas obligé de croire avec lui en l'existence des extra-terrestres et d'un complot mondial destiné à dissimuler leur emprise sur la planète, mais sa ferveur forçait l'admiration. Les intégristes du nature se cooptaient, se prosternaient devant les mêmes vignerons, s'excommuniaient aussi parfois, via des blogs.

Des heures heureuses

Thomas savourait ces querelles byzantines avec la curiosité enthousiaste d'un ethnologue dénichant une tribu oubliée. De manière plus prosaïque et comptable, les Garcia, les Berthet et les autres professionnels de la bande usaient de formules, telles « On en boirait des seaux » ou « C'est pas un vin, c'est une affaire », qui mettaient tout le monde d'accord.

VI

L'entrée de Thomas dans le salariat s'était faite de façon non académique du point de vue du Code du travail, mais elle s'accompagnait d'une liberté rare quant aux contraintes horaires et aux monotones contingences du « bureau » ou de l'entreprise classique. Par ailleurs, si Berthet s'affichait souvent brutal, nerveux, versatile, il abandonnait généralement ses mauvaises manières avec son employé. Auprès de Thomas et de quelques autres, il pouvait même se montrer drôle, généreux, fin, avant de redevenir le type égotiste et égoïste que la plupart des gens connaissaient. Cet homme aux cent visages jouait des rôles sans que l'on sache lequel ou lesquels étaient proches de sa vraie personnalité. L'un de ses côtés horripilants consistait à s'adresser à tout le monde ou presque comme à des enfants à qui l'on devait expliquer les choses, y compris les notions les plus fondamentales, en des termes simples, voire simplissimes et nombre de ses interlocuteurs partageaient le sentiment d'être pris pour des cons.

Thomas avait échappé à cela et se voyait, modestement, investi d'une mission : arrondir les angles, rattraper les maladresses de son patron, présenter un visage plus avenant de la petite entreprise Berthet, « agent en vins et spiritueux ».

L'ange gardien se sentait fier d'avoir acquis une place dans cette vie active tant redoutée sans avoir fait appel à ses parents ni à leurs relations. À vingt-six ans, il était enfin un « vrai adulte », un homme inséré commençant à subvenir à ses besoins même si les émoluments accordés par Berthet n'y suffisaient pas encore. C'est pourtant d'un œil résolument neuf et plein d'espérance qu'il évoluait désormais parmi ses contemporains et dans cette ville où il avait toujours vécu et dont même les lieux sans réelle beauté avaient acquis dans son cœur une grandeur poétique à laquelle rien ne les prédisposait. Mais la ville changeait, s'éloignait peu à peu de celle qui fut son fidèle compagnon, le témoin et le refuge de son enfance, de son adolescence, de ses études. Depuis près de deux ans, des travaux l'outrageaient car les édiles avaient été saisis d'une fièvre de bâtisseurs d'infrastructures et d'aménagements aux conséquences incertaines. Défigurée ou paralysée dans certaines zones livrées aux pelleteuses, aux marteaux-piqueurs et autres outils désagréables, cette douce cité évoquait un gros chat se laissant malmener par des maîtres indélicats. Un vaste programme de piétonisation avait été lancé et les anciennes rues offertes aux voitures et aux bus se métamorphosèrent en grandes artères promises en principe aux piétons, aux cyclistes, aux deux-roues à moteur, aux praticiens de la trottinette ou des rollers bien que cette dernière tribu tende à l'extinction. Il était loin le temps de sa splendeur, comme lors des défilés de plusieurs centaines de rolleristes chaque vendredi soir, cortège formant un long serpent glissant sur le bitume. Les cyclistes avaient pris le dessus, encouragés par la mise à disposition de vélos gratuits, système adopté par la capitale des années auparavant et copié par d'autres villes désireuses de prendre la voie du progrès, du développement durable, de la lutte contre la pollution. Concrètement, l'implantation de nombreuses stations accueillant les vélos contribua à l'enlaidissement urbain tandis que des centaines de cyclistes pédalaient poussivement sur ces engins lourds, lents, arborant l'acronyme d'un groupe bancaire international mêlé à divers scandales de blanchiment d'argent dans les paradis fiscaux. Les nuisances visuelles des garages à vélos ne pesaient guère face à celles provoquées par l'irruption d'une colonie d'énormes containers à travers la ville destinés à récupérer respectivement le papier, le plastique et le verre. C'était l'ère du tri sélectif. Ces grosses verrues, qui allaient souvent par trois, s'étaient fait leur place. Il suffisait de ne pas s'attabler à une terrasse d'un café proche d'un silo à verre et, surtout, de ne pas ouvrir les fenêtres de son appartement, s'il était voisin de l'un de ces engins, pour ne pas être gêné par le raffut de verre cassé causé régulièrement par les bons citoyens venus se délester de leurs bouteilles.

En outre, sur les nouvelles artères piétonnes ou semi-piétonnes, les voitures et véhicules de livraison n'avaient pas disparu puisque l'activité des commerces nécessitait de nombreuses livraisons tandis que les riverains n'avaient pas été privés de l'usage de leurs automobiles. Résultat : la ville croulait sous des embouteillages et une pollution pires qu'au temps de la voiture reine. Ces modifications néfastes, Thomas les constatait avec un léger regret dénué de ressentiment. Sans doute que sa jeunesse lui épargnait les récriminations et l'éternelle litanie du « C'était mieux avant » que ruminaient quelques-uns des aînés qu'il côtoyait au Clup.

Stéphane et Joseph étaient les plus drôles dans la famille des bougons n'aimant pas leur époque. Le premier, agrégé d'histoire, dispensait des cours au sein d'une école de journalisme réputée. Son mètre soixante-dix, ses quelques kilos en trop et sa fine barbe rousse faisant ressortir un début de calvitie suggéraient une bonhomie que sa compagnie confirmait. De prime abord, on ne pouvait soupçonner qu'il traversait des périodes de dépression soignées par une consommation accrue de vin car Stéphane se méfiait de la chimie médicamenteuse. Pierrot l'avait surnommé « le bipolaire » ou « le bip » quand ce terme devint à la mode, promu par des psychiatres avides de refourguer plus aisément leurs camisoles chimiques. En effet, « bipolaire » sonnait mieux que les banals « dépressif » ou « maniaco-dépressif » qui servaient auparavant à définir ces états. Affligé par ses étudiants, il se lançait régulièrement dans des récits qui faisaient le bonheur du Clup. De ceux qui s'imaginaient futurs journalistes, le professeur dressait des portraits contrariant le discours officiel « le niveau monte », discours conforté par des taux de réussites au baccalauréat copiant les scores des dictateurs prenant la peine de simuler une élection. Outre l'histoire contemporaine, il était chargé de cours de culture générale accompagnés d'examens oraux où des sujets basiques comme « L'Europe aujourd'hui », « Les totalitarismes du XXe siècle » ou « Cinéma et littérature » débouchaient sur des performances inattendues. Le professeur livrait à son auditoire des morceaux choisis qu'il jurait authentiques. Lors d'un oral de dix minutes sur « Les écrivains engagés », l'étudiant n'avait cité que Chateaubriand qui écrivait « des romans historiques » et Voltaire. Quand Stéphane lui demanda s'il pouvait donner d'autres exemples d'écrivains engagés au XXe siècle ou avant, le bougre répondit Sartre et Hitler.

— Là, j'ai éclaté de rire ! Obligé ! D'habitude, s'ils sortent de grosses conneries, je me retiens, mais je n'ai pas pu... J'enchaîne aussitôt : « Sartre, je comprends, mais Hitler ? » Le gonze fronce les sourcils, me regarde avec l'air soupçonneux du type flairant un piège et me dit en souriant comme s'il parlait à un débile : « Ah, ben, excusez-moi, mais si *Mein Kampf* n'est pas un texte engagé... » Je ne sais pas comment j'ai gardé mon calme... Bac plus cinq les phénomènes !

Les anecdotes filaient, un vrai bêtisier : Danton et Robespierre fondateurs de la droite en France, Marx contemporain de la révolution russe de 1925, l'Asie centrale comprenant la partie européenne de la Russie, l'Iran commettant un attentat contre Israël lors des JO de Berlin en 1972, le général Pétain était résistant, il ne s'était rien passé de notable en 1492... Stéphane était intarissable. Des classiques de la littérature adaptés au cinéma ? *Harry Potter* et *Millenium.* Le Moyen Âge ? Jamais entendu parler. L'islam ? Il se fondait sur la Bible...

— Et le Christ, vous saviez qu'il avait été fusillé ?

— Tu te fous de nous, rétorquait le Toubib. Ils ne sont pas aussi cons, c'est pas possible.

— Je te jure que c'est vrai, 100 % vrai ! Et ce n'est peut-être pas le pire. Ils ne savent rien sur rien, mais en plus ils sont fiers ces abrutis. Pas complexés pour un sou ! Avant, au moins, les cancres avaient honte, ne bougeaient pas une oreille. Maintenant, ils plastronnent, font les malins. Et mal élevés avec ça ! Vous les verriez en cours ou pendant les oraux, ils se penchent sur leurs ordinateurs ou leurs téléphones, parlent entre eux et ne supportent pas la moindre remarque. Des barbares, je vous dis...

Comme d'autres habitués du Clup, Thomas adorait ces séances. Un ou deux verres de plus et le prof s'emportait contre tout ce qui lui mettait la rate au court-bouillon, ainsi qu'il le disait en usant d'expressions surannées qui participaient à son charme. Il vomissait les bermudas, les tongs, les rollers, la tecktonik, les piercings et les tatouages, les capuches qui avaient supplanté les casquettes, les voiles, les hijabs et les burqas, les jeans baggy, les barbes, les dreadlocks...

Joseph renchérissait. Lui, correspondant local d'un hebdomadaire national qui écrivait aussi dans plusieurs magazines de la région, pourfendait la civilisation de l'écran qui avait supplanté l'écrit, Internet, le virtuel, la téléréalité et la télé tout court, la société du spectacle, l'enseignement de l'ignorance, la vulgarité, l'argent...

— Oui, oui, on sait Jojo : « C'était mieux avant », on connaît la chanson, glissait Berthet ou un autre pour remettre une pièce dans la machine.

— Bien sûr que c'était mieux avant ! C'était mieux toujours ! s'échauffait le journaliste.

Lui et Stéphane formaient un tandem redoutable. Pour illustrer ses diatribes sur le déclin de la transmission et de la culture générale, le professeur aimait invoquer les émissions de télévision qui avaient accompagné son enfance et son adolescence : « Les Dossiers de l'écran », « Apostrophes », « le Ciné-club » de Claude-Jean Philippe et le « Cinéma de minuit » de Patrick Brion, « Océaniques »...

— C'était pas le buzz et le clash, toutes ces conneries..., se lamentait Stéphane.

Des heures heureuses

Ces deux-là auraient pu illustrer, s'ils avaient été plus connus, les unes que les journaux consacraient régulièrement aux « nouveaux réactionnaires » et autres « déclinistes » avec des photos de journalistes ou intellectuels mal pensants épinglés un peu comme sur les affiches « Wanted » dans les westerns d'autrefois. Pourtant, ni Joseph ni Stéphane n'étaient de vieux cons au sens traditionnel du terme. Le passé qu'ils regrettaient ne datait que d'une vingtaine d'années et Thomas avait l'intuition qu'il s'agissait d'abord du temps de leur jeunesse. Ce désenchantement intime les rendait touchants. Derrière leurs cris et leurs plaintes, il fallait entendre la nostalgie de l'insouciance et de l'innocence. Par Stéphane, il apprit dans quelle sorte de famille était né Joseph au milieu des années 1960. On ne grandit pas dans un tel milieu sans en être marqué à vie. Cela se manifeste avant tout par une gêne tamponnée sur les joues ou le front, que vous êtes le seul à voir, mais dont vous ne pouvez vous empêcher de penser que tout le monde la voit.

Quant au professeur, il avait confié à Thomas, un de ces soirs où le compagnon d'ivresse, assez familier pour recevoir des aveux et pas assez proche pour en faire mauvais usage, semble l'interlocuteur idéal, l'origine de ses tourments. Il ne se sentait pas vraiment humain. Pas impliqué. Une femme lui avait arraché le cœur et il est difficile de vivre sans cœur. Alors, il s'était résigné à se sentir étranger parmi ses congénères. La chose était plus facile qu'il n'y paraissait. L'absence d'attaches favorisait ce processus de déréliction qui lui donnait le sentiment de ne plus vraiment appartenir à la communauté des vivants, ces êtres accrochés à leurs smartphones comme à des bouées, se promenant dans les rues bardées de sigles signifiant leur adhésion à telle ou telle marque de luxe, la peau grêlée de tatouages, les pieds ornés de chaussures exubérantes. Ils se déplaçaient dans des voitures en klaxonnant, se ruaient dans le métro sans lever la tête ni observer les autres. Des fils pendaient de leurs oreilles ou bien des casques cernaient leurs crânes.

— Plus personne, ou presque, ne sourit. Tu as remarqué ? La disparition du sourire… C'est important ça, personne n'en parle. La peur, la fierté, la morgue, le défi : oui, cela s'affiche, mais le sourire a disparu.

Stéphane, et sans doute Joseph, pleuraient finalement le temps des sourires évanouis. Ce qui les rendait accessibles à une certaine mélancolie, nostalgiques, sentimentaux. Thomas les observait avec tendresse, mais espérait ne jamais leur ressembler même s'il comprenait les motifs de leur angoisse. Objectivement, c'était une époque étrange où l'on sentait que n'importe quelle catastrophe était possible. Le progrès n'était plus garanti et plus grand monde ne s'illusionnait sur l'espérance que leurs enfants vivraient mieux à l'avenir que ceux qui les avaient précédés. Il y avait eu la crise, le tsunami, Fukushima,

Des heures heureuses

les guerres ethniques ou « humanitaires » Certains pronostiquaient la fin du monde pour le 21 décembre 2012. Malgré ces catastrophes réelles et plausibles, la vie continuait, comme elle avait toujours continué. Les gens marchaient, rêvaient, travaillaient, se reproduisaient, indifférents, par bonheur ou par négligence, aux périls. Thomas avait envie d'y croire. Des heures heureuses l'attendaient forcément quelque part.

VII

Au-delà des visites chez des vignerons, des salons, des séances de dégustation et autres rencontres propices aux dérives qui faisaient le charme de ce petit monde du vin naturel, le quotidien professionnel de Thomas dispensait comme la quasi-totalité des activités salariées sa part de routine et de contraintes telles la livraison de vin ou sa réception dans la cave de Berthet. Le jeune homme ne subissait pas ces tâches fastidieuses depuis assez longtemps pour en éprouver la pesanteur. Quant au démarchage de nouveaux clients, restaurants ou bars, s'il obéissait à des figures imposées, il réservait aussi son lot de surprises, de découvertes, bonnes ou mauvaises, constituant selon le cliché – longtemps usité à propos du rugby – une « école de la vie ».

En dépit de sa mince expérience, Thomas aurait déjà pu esquisser une brève typologie des patrons de restaurants et des chefs, qui le plus souvent étaient les mêmes. Depuis deux ou trois ans, la gastronomie et la cuisine au sens large avaient le vent en poupe.

Des heures heureuses

Les Français en avaient fait l'un de leurs centres d'intérêt favoris ainsi qu'en témoignaient le succès des émissions de télévision consacrées au sujet, la prolifération de la presse spécialisée et des blogs ainsi que la surface que la presse généraliste réservait désormais à la cuisine. Les chefs étaient devenus des stars presque aussi convoitées que celles du cinéma ou de la musique alors que longtemps seuls quelques-uns, à la tête d'établissements prestigieux, incarnaient la gastronomie française. Bocuse et Ducasse avaient fait des petits. L'attrait des médias et du public s'était même étendu jusqu'aux producteurs de légumes, aux bouchers, aux vignerons, aux fromagers, aux beurriers, aux éleveurs de volailles, de veaux, vaches, cochons, aux fabricants d'épices rares, aux chocolatiers, aux poissonniers… Les métiers de bouche faisaient saliver, on se léchait les babines, on glosait au-dessus des poêles et des marmites.

En se fiant aux apparences, on pouvait penser que le pays ne pensait qu'à manger, et si possible à bien manger, ce que réfutait pourtant la consommation toujours aussi soutenue de fast-food ou de surgelés. Rien n'empêchait des millions de Français de communier devant le spectacle télévisuel d'apprentis cuisiniers, confectionnant sous l'œil sourcilleux de chefs réputés des plats aussi complexes que savoureux, tout en engloutissant dans leur canapé des pizzas ou des hamburgers. Que l'engouement envers la gastronomie soit en grande partie artificiel n'avait pas entravé le nouveau statut acquis par les chefs. Ceux-ci, y compris les plus médiocres, l'avaient bien compris et en profitaient. Les mots « produits », « naturel », « petits producteurs », « bio », « circuits courts », « local », « bistronomie » servaient de sésames. Dans la gastronomie, comme dans tant d'autres domaines, se vérifiait l'assertion implacable selon laquelle moins une chose existe réellement, plus elle est exaltée dans les discours et les représentations.

En fréquentant nombre de chefs désireux d'agrémenter leur carte des vins de bouteilles produites des « vignerons artisans » travaillant en « bio », respectueux de la nature, attachés à leur terroir et autres concepts en vogue, Thomas avait rencontré des gens n'y connaissant pas grand-chose ou carrément rien en vin, mais sensibles au potentiel marketing et commercial de l'offre de vente – familles un et deux selon la précieuse nomenclature établie par Robert Berthet. L'ignorance n'excluait pas les grands airs, les poses, ni la pédanterie. Dans ce registre du précieux ridicule, Thomas fut impressionné par la logorrhée et les fanfaronnades de Michel Baylet. Ce quadragénaire qui ne faisait pas son âge tenait un petit restaurant, sobrement intitulé Le Bistrot, dont les chefs successifs depuis une quinzaine d'années avaient contribué à la réputation de table sans éclat, mais solide sur ses fondamentaux. La modestie de bon aloi qu'affichait la cuisine du Bistrot n'était pas partagée par son patron. Au gré de livraisons, d'apéros ou de dîners en compagnie de Berthet, de Garcia et de quelques membres du Clup, Thomas put se frotter à cet homme qui après deux ou trois verres aimait exposer ses faits d'armes, se raconter, délivrer ses lumières. Baylet avait tout compris, tout fait, tout connu. Dès qu'il avait un public, il ne résistait pas au plaisir de réciter ses traits d'esprit, ses bons mots, ses calembours, ses éclairs, ses jugements souverains, d'innombrables exemples où son charme, son intelligence, sa clairvoyance, sa finesse avaient ébloui. À l'entendre, on pouvait toutefois se demander ce que cet être d'exception, doté de tous les dons et de tous les talents, faisait dans un restaurant de province de quarante mètres carrés où l'on servait surtout des côtelettes d'agneau, des pavés de saumon, des magrets et des entrecôtes. Une gigantesque erreur de casting, un peu comme si Napoléon avait été palefrenier.

Sans conteste, aux yeux de Baylet, Baylet était la personne la plus intéressante au monde. La prétention et la cuistrerie poussées à ces sommets possédaient quelque chose de fascinant pour les êtres n'étant pas déformés par une telle hypertrophie de l'ego. Le regarder et l'écouter étaler ses vertus suscitaient une sidération muette. Personne n'osait contrarier ou tempérer cet homme portant une si haute estime de lui. À ses côtés, Berthet passait pour un modèle de modestie. Baylet n'était pourtant pas idiot, il pouvait se montrer perspicace, plein de justes intuitions, sauf quand il s'autocélébrait. Le spectacle le plus délicieux consistait à le voir expliquer à d'excellents cuisiniers, dont parfois des chefs étoilés, l'art et la manière du métier, les tendances à creuser, celles dont il fallait se détourner. Il commençait souvent ces phrases par « Attention… Tu devrais… », « Tu sais, j'ai été dans les meilleurs restaurants du monde et je peux te dire... », « Écoute-moi, tu vas comprendre... ». « Il a un avis sur tout et surtout un avis... », commenta un jour Pierrot dans l'un de ses accès de lucidité que le Toubib jugeait trop rares.

Thomas ne parvenait pas à mépriser Baylet malgré son outrecuidance. Dans ce déballage narcissique, il voyait un enfant cherchant à attirer l'attention, un homme ne voulant pas avouer aux autres, qu'au regard de ses espérances et de ses rêves, il avait raté sa vie. Thomas voyait des blessures derrière la comédie du paraître que trahissaient encore les vêtements colorés, la barbe finement taillée, les bagues voyantes, les bottines italiennes constituant la panoplie de Baylet. Thomas se trompait peut-être, mais son indulgence envers les humains, son inclination à ne pas envisager le pire étaient une qualité ou un don dans un temps où les eaux glacées recouvraient tout, où les bons sentiments cédaient place au cynisme, où les sentences définitives prévalaient sur les nuances. « Un jour, peut-être, nous abattrons les cloisons de notre prison ; nous parlerons à des gens qui nous répondront ; le malentendu se dissipera entre les vivants ; les morts n'auront plus de secrets pour nous », avait lu Thomas, cinq ans auparavant, dans un roman qui était devenu pour lui une source intarissable. Son auteur avait été très porté sur le vin et l'alcool en général. On ne peut voir là un hasard absolu.

Brève interruption

Il est toujours délicat pour l'auteur d'un roman d'intervenir dans le récit qu'il soumet au lecteur. Cela peut paraître pompeux, « m'as-tu-vu », etc. Nulle « mise en abyme » cependant ici, comme on dit quand on veut paraître savant, ou simple désir de se mettre en avant. Si nous nous permettons d'interrompre le roman, c'est pour préciser que les événements qui vont suivre mettent en scène Thomas et Robert en compagnie de personnages et « d'entreprises » qu'il nous apparaît périlleux – pour de strictes raisons liées au droit et aux risques encourus par l'auteur comme par son éditeur – de nommer précisément car certains pourraient affirmer se reconnaître et réclamer, au nom du respect de la vie privée, de la diffamation ou autre motif farfelu, de copieux dommages et intérêts. À tort bien sûr, car les situations et les êtres que vous découvrirez sont issus de notre seule imagination. Cependant, l'expérience et le principe de précaution nous obligent à nommer le club de football dont il va être question sous le

Des heures heureuses

vocable de « X » et de maquiller, tant que possible sous des artifices moins grossiers, tout ce qui pourrait relier ces êtres de pure fiction et leurs aventures tout aussi imaginaires à une quelconque réalité. Veuillez nous excuser par avance des éventuels désagréments causés par cette interruption et reprenons sans plus attendre le cours de notre histoire.

VIII

— Le plus important dans ce métier, c'est le carnet d'adresses, disait souvent Robert à Thomas. Le carnet d'adresses, tout est là...

Un « carnet d'adresses », Berthet en avait un, incontestablement, même si certaines personnes consignées dans ledit carnet rayaient parfois rageusement son nom du leur.

En quelques semaines, Thomas avait pu se rendre compte de l'ampleur et de la diversité des contacts de Berthet, et pas seulement sur Facebook où il comptait un bon millier d' « amis ». Il connaissait effectivement des gens de toutes sortes. Être né dans cette ville et y avoir vécu un demi-siècle lui conférait une évidente surface sociale. La multiplicité des métiers qu'il y avait exercés favorisa l'extension de ses relations. Ainsi, Thomas avait appris que son actuel employeur fut entre autres chef de salle dans un restaurant branché, gérant d'un club de fitness, importateur de marbre chinois, patron d'une société de location de voitures, acheteur d'espaces publicitaires pour l'antenne locale d'une radio libre, animateur sur les ondes de cette même radio, gérant d'une boutique de location de VHS, vendeur dans le plus grand caviste de la ville qui était aussi le plus ancien et le plus renommé. Cette dernière activité le poussa à persévérer et à voler de ses propres ailes dans le monde du vin après avoir été nommé directeur du Bacchus. Devenu agent en spiritueux depuis presque quinze ans et rapidement positionné sur le créneau du vin naturel ou bio, Robert Berthet avait acquis une notoriété qui dépassait les murs de la cité pour se répandre jusqu'à Paris et à travers l'hexagone.

Il n'en était pas peu fier, mais en ce matin de juillet où les partenaires avaient rendez-vous à la terrasse ensoleillée du Sylène sur la place Saint-Étienne, Thomas percevait une excitation inhabituelle chez celui qui enlevait et remettait ses lunettes noires Persol avec des mines de conspirateur.

— Bon, j'ai un truc à te dire... Sérieux...

Berthet s'interrompait, baissait la voix si le serveur passait près d'eux ou si les conversations des tables voisines s'éteignaient.

— C'est du lourd... Du très lourd...

— Je t'écoute.

— Un vieux copain, Déglingue, je t'en ai déjà parlé, m'a branché sur un gros coup.

— C'est qui ce Déglingue ? Ça ne me dit rien, mais il a l'air drôle...

— Si, Déglingue, Manu, un copain de lycée. C'est lui qui s'était installé au volant d'un bus en stationnement au Capitole et qui l'avait démarré avec les passagers à l'intérieur avant de l'abandonner cinq cents mètres plus loin. C'est avec lui aussi qu'on avait jeté des pots de crème fraîche sur Jean-Luc Godard après une conférence à Compans à la fin des années 1970, bien avant l'entarteur... Une autre fois, avec le Toubib et lui, on avait posé un plâtre à la jambe d'un pote en coma éthylique puis on l'avait mis au petit matin dans un train à destination de la frontière espagnole sans ses papiers et sans un kopeck...

Les anecdotes et faits d'armes attribués à Déglingue revenaient maintenant à la mémoire de Thomas se demandant jusqu'à quel point ces blagues de potache avaient bel et bien existé.

— Oui, et donc, Déglingue ? Il fait quoi maintenant ? Il vole des bus ? Il pose des plâtres ?

— Fais pas le malin. Déglingue a roulé sa bosse et s'est bien démerdé. Il y a trois ans, il est devenu le meilleur ami de Parisis quand il jouait ici.

Bien que moins fanatique que Berthet en ballon rond, Thomas se souvenait de ce milieu offensif qui avait fait le bonheur de l'équipe de foot locale avant d'être transféré pour vingt millions d'euros à X. Une sacrée affaire pour le club vendeur puisqu'il avait débarqué chez son nouvel employeur avec un genou en morceau et n'avait quasiment pas pu jouer lors de la première saison. S'il avait été une télévision ou une machine à laver sous garantie, le meneur de jeu aurait été retourné derechef à l'expéditeur.

— Alors ?

— Parisis est gentil, mais il n'a pas grand-chose dans le ciboulot. Déglingue lui sert d'homme à tout faire et surtout veille à ce que ce corniaud ne se fasse pas plumer par des aigrefins. Avec ses trois cent cinquante mille euros mensuels, sa prime à la signature de deux millions d'euros, il attire pas mal de nouveaux amis si tu vois ce que je veux dire. Surtout qu'après avoir acheté des bagnoles, comme les autres cons de footballeurs, il a investi dans l'immobilier, dans des restos et maintenant dans le vin.

— Le vin ? Il picole alors qu'il joue à X ?

— Non, il se fait une cave. Il achète des grands crus. Sauf que Déglingue, qui n'y connaît rien, comme Parisis bien sûr, a des doutes sur les types avec lesquels il fait affaire. Il préférerait que ce soit moi qui lui vende des bouteilles.

— Tu vas lui vendre quoi ? Tes quilles à dix ou quinze euros qui sentent la bouse avec des filles à poil, des chevaux ou des jeux de mots pourris sur les étiquettes ?

— Petit con, j'ai de grandes bouteilles dans mon stock. Plusieurs années d'allocation à la Romanée-Conti, chez Selosse, des bordeaux introuvables…

— Ça va, je sais, je te charriais. On y va quand chez Parisis ?

— Le week-end prochain. Il ne joue pas, il est suspendu. On le voit dimanche après-midi chez lui.

La Boxster de Berthet avait avalé les kilomètres et les péages avec gloutonnerie. La file de gauche de l'autoroute était sa maison. Casquette en toile Ralph Lauren, mitaines de conduite en cuir beige et lunettes de soleil Wayfarer constituaient la panoplie du pilote que l'on sentait heureux comme Dieu en France au volant du cabriolet. Malgré la vitesse, Thomas eut au bout d'une trentaine de kilomètres le temps de repérer un panneau signalant un radar. « T'inquiète, les plaques sont fausses, rétorqua Berthet, je les change chaque fois que je dois faire de la route. » À midi, la Porsche se faufila dans les rues étroites de la petite ville côtière dont le nom était par ailleurs aussi celui d'une Appellation d'origine contrôlée. Parisis habitait dans une villa sur les hauteurs et les visiteurs avaient d'abord rendez-vous avec Déglingue pour déjeuner au Gorille face au port.

À une table sur la terrasse ombragée, Déglingue sirotait un Ricard.

— Tu bois toujours cette merde ? Un vrai gamin !, s'exclama Berthet en s'approchant de son ami. Les deux hommes se donnèrent l'accolade puis se serrèrent la main à la façon d'un bras de fer.

— Manu, je te présente Thomas, mon assistant. Il est tout jeune, mais il en veut. Je le forme...

— Avec toi, il est en de bonnes mains... Tu peux m'appeler Déglingue, Manu ça me fait bizarre, précisa-t-il à Thomas.

Petit, plutôt rond, le crâne rasé, Déglingue arborait un tee-shirt kaki Von Dutch, marque qui avait pourtant disparu depuis des années des rues comme des boutiques.

Des heures heureuses

Lors du déjeuner, où Berthet avait commandé d'autorité des rougets en entrée et une poêlée d'encornets à suivre pour les trois convives, Déglingue, qui évoquait une sorte de Bruce Willis qui se serait laissé aller, leur fit un portrait de Parisis que l'on ne pouvait pas lire dans la presse sportive. Homme de confiance, nounou, chauffeur à l'occasion, attaché de presse : il était au cœur de l'intimité du champion chez lequel d'ailleurs il habitait.

— Il est super-généreux, attachant, mais il faut le surveiller comme le lait sur le feu. Il m'en fait voir, vous pouvez pas imaginer, disait-il telle une femme au foyer se plaignant de son mari. Mais bon, on se marre bien dans l'ensemble...

Outre les tâches domestiques (faire les courses, s'assurer de l'entretien de la villa par les jardiniers et les femmes de ménage, veiller sur le parc automobile, acheter les derniers jeux vidéo et Blu-ray...), le rôle principal de Déglingue consistait à écarter de Parisis les parasites et les escrocs qui pullulaient autour de lui. Même la famille du joueur voulait se payer sur la bête. Ses deux jeunes frères venaient réclamer tous les trois ou quatre mois une nouvelle voiture, la précédente ayant été pliée ou bien « prêtée » à un copain. Déglingue soupçonnait les frangins de les revendre, mais Parisis leur faisait une confiance aveugle et alignait les chèques de vingt mille ou trente mille euros. Les parents n'étaient pas en manque. Divorcés, le père et la mère réclamaient également leur part du gâteau. Au paternel, le fils prodigue avait offert quelques mois plus tôt une coquette maison non loin de là (quatre cent mille euros). Presque aussitôt, la maman exigea pareille attention et se mit à camper chez le fiston. À camper au sens propre puisqu'elle installa avec l'aide de son compagnon une tente dans le vaste jardin de Parisis.

La vie sentimentale du meneur de jeu n'était pas plus simple. En instance de divorce avec sa femme Sophie, connue au lycée et revenue chez ses parents, il sortait depuis plusieurs mois avec une Jennifer, pressée de s'installer chez lui, ce que Déglingue avait vivement déconseillé tant que le divorce n'était pas scellé. Ladite Jennifer avait été sa maîtresse régulière avant de devenir sa compagne quasi officielle. La double vie de Parisis fut souvent un motif d'inquiétude pour Déglingue, notamment ce dimanche où, au cours du déjeuner avec épouse et belle-famille, il vit le champion consulter compulsivement son iPhone avec un air contrarié. D'un signe de la tête, il convoqua Déglingue dans la cuisine.

— Je crois que j'ai fait une connerie... Tu sais, j'avais acheté un bulldog à Jennifer. Il s'est barré il y a trois jours.

— Ça va, y a pas mort d'homme, c'est qu'un clébard, dit Déglingue rassuré.

— C'est pas ça le ouaille. Jennifer était *desperate*. Elle pleurait, je lui ai dit d'imprimer des affiches avec la photo du chien. Je les ai scotchées un peu partout autour de chez elle et en ville...

— Et alors, quelqu'un l'a retrouvé ?

— Je sais pas, mais j'avais mis mon numéro de portable sur l'affiche. Des gens commencent à m'appeler ou m'envoient des SMS. Ceux qui tombent sur ma messagerie risquent de raconter que j'ai perdu un chien. Surtout, j'ai peur que Sophie voie une de ces affiches et reconnaisse mon numéro... Si elle apprend que j'ai perdu un chien qu'on n'a pas, je suis dans la merde...

Déglingue arpenta des heures durant à scooter les lieux indiqués par Parisis afin d'arracher les affiches et, même si cette opération ne fut peut-être pas décisive, l'histoire du chien perdu – par ailleurs jamais retrouvé – n'arriva pas aux oreilles de la légitime.

Ce genre de péripéties n'était rien au regard d'autres problèmes posés par la vie sexuelle du footballeur. Déglingue apprit à Berthet et Thomas que Parisis et les principaux joueurs de X étaient dopés, usaient de produits à ce jour indécelables, mais qui présentaient des effets secondaires embarrassants.

— Il bande comme un cerf presque toute la journée... Il lui faut deux ou trois rapports sexuels par jour, et je parle pas de la veuve poignet... Ils sont plusieurs au club à avoir ce problème. C'est le bonheur des célibataires et le régal de ces dames. Pour ceux qui sont en couple, la situation est plus compliquée, il faut ruser, planquer popaul sous le manteau et aller voir ailleurs... Même quand il vivait avec sa femme et avait sa maîtresse, Parisis piochait dans une liste d'une dizaine de « copines » qu'il appelait et qui venaient soulager monsieur en cinq ou dix minutes chrono.

— Ah oui... J'ai lu ça sur John Kennedy, ajouta Berthet. Il était gavé d'antidouleurs pour son dos qui lui filaient une trique terrible. Pareil : s'il ne tirait pas son coup deux ou trois fois par jour – et Jackie en a eu vite marre – il n'était pas dans son assiette, irritable, pas bien quoi.

— Sinon, il y a des palliatifs, précisa Déglingue. En général, le cannabis calme la bandaison, mais dans ce cas, il faut prendre d'autres produits pour masquer ses traces dans les urines, rapport aux contrôles antidopage. Attention : des produits autorisés ou indétectables, sinon, c'est bernique ! La suspension et le scandale !

Déglingue s'y connaissait. Il aurait fait le bonheur de la presse à scandale. Zahia pouvait aller se rhabiller. Il raconta aussi l'histoire du libero, surveillé par sa femme, qui se branlait dix fois par jour ou de l'avant-centre qui avait installé un « baisodrome » chez lui, une pièce de presque cent mètres carrés dédiée aux partouzes. Vu sous cet angle, le championnat de France prenait un autre relief. Certaines affaires de mœurs pouvaient s'éclairer – comme cette fille, sur laquelle à peu près tout l'effectif pro du club de Parisis était passé, ayant déclaré à la Justice avoir été violée sur le bord d'une autoroute par l'ailier argentin alors qu'il la ramenait chez lui pour une finalité assez semblable bien que moins impulsive.

Des heures heureuses

Le déjeuner fut distrayant, mais il fallut revenir aux choses sérieuses. Vers quatorze heures trente, Déglingue demanda à Berthet de le suivre jusque chez Parisis à une quinzaine de minutes de là. Sur la route, Berthet faisait mine de doubler le Range Rover de son copain et, arrivé à son niveau, klaxonnait furieusement avant de se rabattre quand une voiture arrivait en face. Ils arrivèrent en moins de dix minutes à la villa de Parisis où le haut portail automatique laissa découvrir une piscine et une vaste demeure blanche sur deux étages. Une Mercedes 560 SEL était garée, ce qui surprit Berthet.

— Je le voyais pas avec cette caisse ton champion...

— C'est pas la sienne, il avait rendez-vous avec des types à deux heures, je ne sais pas qui. Il n'a pas voulu me dire, lâcha Déglingue avant de proposer aux deux hommes une petite visite.

— Suivez-moi, ça vaut le détour...

Ils longèrent la villa par une allée sur la droite qui les amena devant un hangar. Déglingue composa un code sur un boîtier électronique et deux lourdes portes s'ouvrirent vers l'intérieur du bâtiment avec une lenteur majestueuse. Une dizaine de véhicules y étaient stationnés. L'œil expert de Berthet identifia notamment une Audi TT, un Hummer rendu célèbre par des acteurs américains, une Porsche 911 tandis que Thomas ne reconnut que l'inévitable Ferrari.

— Pas mal, non ? commenta Déglingue devant les mimiques respectueuses de Berthet. Allez, je vais vous présenter la vedette...

Quand ils entrèrent dans la villa, des échos de conversation les guidèrent vers un grand salon où le footballeur, trônant sur un canapé en cuir noir, faisait face à deux hommes assis sur un autre canapé.

— Excuse-moi Jeff, je voulais te présenter mon ami Robert et son assistant Thomas. On peut attendre à côté. Tu as bientôt fini ?

Parisis, portant un maillot de basket des Lakers sur un jean vintage, leva sa grande carcasse et se dirigea vers Déglingue tandis que les deux inconnus avec lesquels il parlait se retournèrent en saluant d'un bref hochement de tête. L'un avait des cheveux mi-longs plaqués en arrière par une copieuse couche de gel et l'autre une tignasse bouclée et des moustaches qui lui donnaient un air de Gipsy Kings. L'ambiance dégageait de la virilité en pagaille.

— Faut que je te parle, suis-moi, dit Parisis à Déglingue en l'attirant vers la pièce voisine, une cuisine américaine occupée par un bar sur lequel traînaient des restes de hamburgers et de nuggets. Salut les gars, je suis à vous dans cinq minutes, annonça sans les regarder le footballeur à Berthet et Thomas.

— D'où ils sortent ces romanos ? s'enquit aussitôt Déglingue.

— Des frangins que m'envoie Jeanjean. Ils ont une affaire à me proposer, confia Parisis dans un sourire de gosse. Ils ont un jet privé à vendre... J'ai négocié et fait baisser le prix de trois à deux millions d'euros. Qu'est-ce t'en dit ? C'est bon, non ?

— T'es tombé de l'armoire ou quoi ? Qu'est-ce tu vas foutre d'un jet ?

— Chais pas, je trouve ça cool un jet, vachement stylé, c'est tout...

— T'as rien signé, au moins ?

— Non, je voulais ton avis avant.

— Ben, tu l'as. Tu les vires aussi sec. On va pas raser la maison pour construire une piste d'atterrissage... Putain, t'es pas croyable. Je me barre une heure et t'es sur le point de faire la plus grosse connerie de ta vie... Tu les dégages !

— OK, OK, flippe pas, je contrôle, cool...

Parisis retrouva les vendeurs d'avion pendant que Thomas observait le visage figé de son employeur et que Déglingue se servait un double Ricard en répétant « Mais quel con... C'est pas vrai... ».

— Réfléchis fils, réfléchis. En plus on t'offre des fauteuils en cuir à l'intérieur et sur le fuselage on fait peindre Parisis Airlines. C'est pas la classe ? s'exclama le plus petit des Gipsy Kings en prenant congé.

Le « fils » revint avec l'air contrarié des petits enfants grondés par leur mère.

— Ça va, ça va, tu vas pas encore gueuler, lâcha-t-il à sa nounou. J'ai compris, pas de jet.

Parisis s'intéressa enfin aux nouveaux venus.

— Excusez-moi les mecs, on va parler pinard. Il paraît que t'es un cador dans le business d'après mon pote, dit-il en posant une main sur l'épaule de

Berthet. Je vais te montrer ma cave, j'ai acheté pas mal de bouteilles ces derniers mois, mais je voudrais l'avis d'un pro. Puis, si t'as de la came de ce niveau, du top, pas du jaja qu'y a n'importe où, chuis preneur grave. Je collectionne, tu vois, je bois pas trop bien sûr, mais quand on vient chez moi, je veux pouvoir envoyer ze best, des marques qui déchirent, qui disent que là on est chez Parisis, chez Papa, pas chez l'épicier du coin !

— Ouais, je crois comprendre. Allons-y, maugréa Berthet.

Le joueur les entraîna au sous-sol où une cave abritait ses achats puis exposa son rangement au « pro ».

— Là, j'ai mis les champagnes ; là, les bouteilles de vingt à cinquante euros ; là celles à cent euros et là, les trucs hyper rares, trop vieux, trop chers. Celles pour les grandes occasions...

Dans sa vie, Berthet avait rencontré bien des « buveurs d'étiquettes », motivés seulement par le rang social et financier que pouvait conférer la bouteille, mais jamais à un tel niveau. Au rayonnage des champagnes, il reconnut aussitôt une cinquantaine de bouteilles de Cristal prisé par les rappeurs et les people et à peu près autant de Dom Pérignon. Dans le coin des cinquante et des cent euros s'accumulaient des crus bourgeois de Bordeaux vendus en supermarché à dix ou vingt euros. Le meilleur résidait cependant dans les casiers accueillant « les trucs hyper rares, trop vieux ». Pour se repérer, le crétin avait accroché une fiche en bristol à chaque bouteille avec son tarif inscrit au feutre noir. Les montants allaient de plusieurs centaines à plusieurs milliers d'euros. Au prix d'efforts méritoires, Berthet conserva son calme. Tout juste, chuchota-t-il au bout de quelques dizaines de secondes, après avoir extrait certaines des bouteilles les plus prestigieuses de leur casier : « Putain... C'est pas possible... »

Il y avait là des faux grossiers, des étiquettes factices dont les auteurs ne s'étaient pas encombrés d'un réel souci de vraisemblance en faisant même preuve d'un côté résolument farceur à l'image de ce « Pétrus 1515 » (5 000 euros) ou de cette « Romanée-Conti 1789 » (4 000 euros). Le choix des millésimes indiquait que l'école de la République et les bienfaits de la chronologie dans l'étude de l'Histoire leur avaient légué quelques souvenirs. Nul besoin d'être calé en calcul pour comprendre qu'au moins un salaire mensuel de Parisis était passé dans ces fantaisies.

— Alors, classieux non ? lança le joueur pas peu fier.

— Oui, dans l'ensemble, oui... Il y a peut-être un ou deux petits soucis sur certaines bouteilles, je vais envoyer la semaine prochaine un mail à Déglingue avec mes suggestions...

— Tu peux me vendre de la came comme celle-là ?

— Oui, je vais essayer, t'inquiète pas...

— Trop cool, yes !

Face au calme inhabituel de Berthet qui semblait presque groggy, Déglingue comprit que quelque chose n'allait pas, mais n'osa pas l'interroger en présence de Parisis et se contenta de le raccompagner avec Thomas à l'extérieur. Le footballeur radieux annonça qu'il allait fêter la bonne nouvelle avec sa console vidéo.

Devant la Boxster, Déglingue fit part de son appréhension.

— Il s'est fait arnaquer, c'est ça ? Dis-moi. Pas de beaucoup, j'espère. Plutôt dix mille ou vingt mille ?

— Je ne sais pas quoi dire, Manu. Je n'ai jamais vu ça... Je t'appelle. On en discute au calme, répondit-il en abandonnant son vieil ami sans oser lui avouer l'ampleur de l'escroquerie.

Une minute plus tard, sur la route, Thomas livra enfin son analyse des événements avec un enthousiasme d'autant plus expansif qu'il avait été contenu.

— Là, je crois qu'on a trouvé le client idéal ! Un vrai champion ! C'est le Graal ce type ! L'oiseau rare !

Le bolide freina en faisant crisser les pneus dans un virage.

— Attends, tu me vois vendre du vin à ce gros con ? J'aime l'argent, mais j'ai ma fierté.

Le conducteur rallia sa ville natale en battant ses records.

IX

Le week-end suivant la visite chez le footballeur se tenait aux Vendanges Tardives, autre caviste de la ville spécialisé dans les vins naturels, la traditionnelle journée de dégustation que le tenancier offrait à ses clients chaque année en invitant une demi-douzaine de vignerons. Les « rencontres vigneronnes » débutaient à onze heures du matin sur la petite place où était installée la boutique et s'achevaient tard dans la nuit après un repas réservé à un public trié sur le volet. Toute la journée, les vignerons faisaient goûter leurs cuvées à des curieux ou des connaisseurs dont certains repartiraient avec une caisse ou deux. C'était la première édition pour Thomas quand Berthet savourait par avance cette réunion qui lui permettait de revoir des vignerons ainsi que quelques-uns de ses clients, restaurateurs ou simples particuliers.

À midi, plusieurs dizaines de personnes se pressaient déjà auprès des tables et des tonneaux où des fonds de verre étaient gracieusement servis à l'assistance. Le soleil tapait fort en ce début du mois de juillet et l'on pouvait distinguer l'amateur éclairé du quidam à la façon de boire. Les familiers de ce genre de dégustation recrachaient dans les seaux en plastique mis à disposition ou y versaient la fin de leur verre après avoir avalé une petite gorgée. Les autres buvaient plus traditionnellement le verre, pratique rendant périlleuse voire impossible la découverte des bouteilles proposées, environ une trentaine. La classification établie par Berthet pour son jeune disciple se révélait une nouvelle fois opérante. Thomas distinguait en effet les novices des experts, les faux connaisseurs des inconditionnels de ces jus déroutants pour des palais habitués à des vins conventionnels. Berthet embrassait les vignerons, donnait ici une accolade, lançait là un bon mot, ignorait le vulgum pecus. À l'observer, on pouvait penser qu'il était l'organisateur de l'événement. Le vrai, Frédéric Pousson, n'en prenait pas ombrage, habitué depuis des années à ses manières.

Après quelques plateaux de charcuterie et de fromage que Pousson avait réservés à ses amis et ses meilleurs clients, Thomas s'éclipsa. La chaleur et l'alcool – même s'il avait recraché la quinzaine d'échantillons goûtés – avaient fait leur effet. Il promit à Berthet, en pleine discussion avec un vigneron du Beaujolais, qu'il serait de retour vers dix-huit heures.

— T'as intérêt, je ne te paie pas pour faire la sieste, prévint le patron qui se lança aussitôt dans une tirade sur la jeunesse qui n'était plus ce qu'elle avait été de son temps.

Quand Thomas revint, le boss discourait devant un public de cinq ou six jeunes gens. Ayant pris place derrière la table où Maulin, le vigneron de la Loire, faisait goûter ses jus, il vantait aux curieux les vertus du vin naturel. Le vigneron s'était absenté, son remplaçant assurait le service clientèle. Thomas connaissait le discours par cœur, mais s'approcha pour que Berthet remarque sa présence. Absorbé par son œuvre de prosélyte, il ne semblait pas avoir vu Thomas et celui-ci se permit de l'interrompre.

— Tu as racheté le domaine de Maulin ou tu te fais passer pour un vigneron ?

— Il est parti à son camion, il veut me montrer un truc, je tiens la boutique et j'explique à nos amis pourquoi il faut boire du nature.

Maulin réapparut en se frayant un chemin parmi les buveurs. Il avait un rat blanc sur l'épaule.

— Je vous présente mon fidèle Pompidou !

— J'y crois pas, t'as vraiment apprivoisé cette saloperie ? tonna Berthet dans un léger mouvement de recul face à la bête qui semblait grignoter quelque chose.

— Ben oui, et alors ? T'aimes pas les animaux ?

— Pourquoi Pompidou au fait ? demanda Thomas.

— Ben parce qu'il ressemble à Pompidou...

La ressemblance n'était pas évidente à part peut-être les sourcils. La petite assemblée que Berthet tentait de convertir aux vins naturels se dispersa discrètement sans que l'on sache si cette attitude était liée à la présence du rat ou à la lassitude provoquée par le cours magistral de Berthet. Une jeune fille qui devait avoir le même âge que Thomas engagea la conversation avec lui. Petite, brune, une frange sur les yeux, comme la mode le conseillait à l'époque, elle se lança dans une présentation d'elle-même avec l'enthousiasme des gens persuadés d'être intéressants. Agnès voulait être journaliste et écrivain. En attendant, elle écrivait sur son blog, intitulé « Théorie de la jeune fille », titre qu'elle avait emprunté au manifeste d'un groupe de post-situationnistes reconverti depuis dans la vie en communauté et la dégradation du réseau de chemin de fer. En 2011, les révolutionnaires français et autres groupuscules radicaux avaient trouvé des voies inédites, et plutôt fragiles, pour faire tomber « le système ». Thomas ne pouvait pas le savoir, mais le blog d'Agnès, comme la plupart de ceux tenus par de jeunes adultes de sa génération et de son milieu, des petits-bourgeois en rupture de ban financés par les parents, était une compilation adolescente de ses goûts et de ses envies, rassemblant citations d'écrivains ou de philosophes, clips, extraits de films, listes variées, chroniques sociétales ou politiques. Agnès faisait partie de ces êtres convaincus que le talent ou la renommée des personnalités dont ils se réclamaient rejaillissaient sur eux. Le côté fleur bleue de certaines références, comme celles à des chanteurs à minettes des années 1980 ou 1990, croisait d'autres références plus sérieuses : de Guy Debord à Günther Anders en passant par Theodore Kaczynski. Elle affichait encore son goût pour le rétro et le vintage, les séries américaines de HBO, le politiquement incorrect, les écrivains maudits, la musique cold-wave, les mangas, le cinéma de la Nouvelle Vague... Bref, tout cet anticonformisme devenu hégémonique chez les néo-bourgeois du moment, conformistes sans le savoir et satisfaits de leur rébellion inoffensive. Évidemment, Agnès, hostile à la mondialisation, à l'uniformisation et à la société techno-industrielle, avait ajouté les vins naturels à son catalogue esthético-culturel. Cette « antimoderne » déclarée, qui passait plusieurs heures par jour sur son blog et à un degré moindre sur Facebook et Twitter à défendre le *vrai* et le *beau* contre la technique et les machines qui nous asservissent, ne voyait pas dans sa situation l'ombre d'une contradiction ni même d'un paradoxe.

Thomas avait commandé à Pousson une bouteille de blanc pétillant, assez léger et propice à une conversation apéritive avec une inconnue loquace. Agnès descendait ses verres comme s'il s'agissait de bière ou d'eau. Apparemment, les développements de Berthet quant à la non-filtration, les arômes primaires ou l'acidité n'avaient guère porté sur elle qui ne s'encombrait pas des mines d'experts que quelques-uns empruntaient en faisant tourner le vin dans leur verre ou en posant leur nez au-dessus en fronçant les sourcils. Thomas l'écoutait, remettait les verres à niveau. Agnès enchaînait, parlait politique.

— Tu vois, je deviens hypersensible à la politique en fait depuis que je sors avec Ivan. Lui, il est très anticapitaliste. Il déteste la bourgeoisie et la gauche, mais encore plus la droite... Il dit qu'il nous faudrait un régime fort qui nous débarrasse des parasites, des étrangers, des Roms surtout et qui remette tout le monde au travail. Je crois qu'il a raison...

— Je vois, il est fasciste quoi...

— Oui, c'est ça, mais très social.

— Je vois, il est national-socialiste.

— Exactement !

— C'était la dénomination du parti nazi sous Hitler.

— Ça m'étonne pas, Ivan est passionné d'histoire...

Cette courge, qui avait grandi dans une famille bourgeoise et catholique de province aussi modérée qu'un centriste des Pyrénées, qui avait fait de longues études avant de mener une existence caricaturale de bobo jusque dans le choix de ses vacances exotiques de la Thaïlande à la Croatie, ne voyait pas d'inconvénient particulier au fait de sortir avec un authentique facho. Après des années de bien-pensance de gauche, le politiquement incorrect, manière de miroir inversé du terrorisme intellectuel des belles âmes, avait fait des ravages, achevé de brouiller les frontières de la raison. La connerie droitière gagnait incontestablement des parts sur la connerie gauchisante.

— Sinon, tu as d'autres sujets de conversation ? avança Thomas qui commençait à se lasser.
— Tu veux que je te parle de mes vies antérieures ?
— Ah, pourquoi pas ? Ce n'est pas banal. Tu en as eu beaucoup ?
— Avec ma voyante, Laëtitia, on en a identifié vingt-trois. J'ai été Marie-Antoinette, George Sand, une navigatrice dont je me rappelle jamais le nom, Janis Joplin, Marilyn Monroe, Madonna…
— Madonna n'est pas morte, précisa Thomas.
— Ah… T'es sûr ? Je dois confondre alors. Greta Garbo, Lady Di… Plein d'autres. Mais plus on remonte dans le temps et plus c'est difficile à retrouver.
— Normal, enfin j'imagine. Mais c'est curieux, quand quelqu'un prétend être une réincarnation, ce n'est jamais d'un bout de bois, d'un cafard, d'un ragondin, de Landru, d'Hitler ou d'un illustre inconnu…
— Je sais pas, j'ai pas choisi, moi… C'est comme ça !
— Oui, c'est comme ça.
Outre Laëtitia, spécialiste en vies antérieures et réincarnations, Agnès consultait des voyants, des médiums, des marabouts.
— C'est important de se connaître, tu vois…, expliquait Agnès, prise de hoquets.
Prétextant la vérification de réservations pour le dîner organisé par Pousson, Thomas s'éclipsa et

Des heures heureuses

Agnès ne tarda pas à trouver d'autres oreilles attentives. Un peu plus tard, les vignerons et un panel de convives dûment choisis par Pousson prirent place autour des tables dans la cave située au sous-sol des Vendanges Tardives. Une quarantaine de personnes, de vrais aficionados du vin naturel qui pour la plupart se connaissaient, s'installèrent dans un joyeux désordre.

— Maintenant, on va pouvoir se lâcher, annonça en souriant Maulin à l'un de ses confrères venus du Beaujolais, gaillard taciturne aux airs de John Wayne que Berthet suivait comme son ombre car il convoitait les vins que le vigneron ne lui vendait qu'avec parcimonie. Thomas se faufila pour s'asseoir à une table où il avait repéré Stéphane et Joseph, Garcia n'était pas loin. Les magnums étaient ouverts à un rythme soutenu, insolent, tandis que le menu se contentait de faire de la figuration. Les verres ne restaient jamais vides, des convives se levaient afin de faire goûter à des tables voisines ce qu'ils buvaient, provoquant un échange de bons procédés assez peu répandu d'habitude dans la vie ordinaire. Au fil des bouteilles descendues, les conversations s'animaient, des verres tombaient, des éclats de rires couvraient les bruits de couverts. Certains montaient au rez-de-chaussée pour fumer devant la boutique où de nouveaux groupes se formaient. L'assemblée s'était disséminée entre la cave du sous-sol, la boutique et l'extérieur, mais les mots d'ordre demeuraient les mêmes : « C'est la mienne », « Patron, la petite sœur ! », « À boire, on est sur le sable ici ! », « Qu'est-ce qu'on boit maintenant ? ».

Dans la cave, Pierrot s'était improvisé DJ et piochait dans la playlist de l'ordinateur que Pousson avait relié à de puissantes enceintes. Un jeune à dreadlocks et à sarouel tentait de s'immiscer pour varier le répertoire en glissant un titre des Négresses vertes, des Garçons bouchers ou de Rita Mitsouko, mais Pierrot veillait à ne pas perdre le contrôle de la programmation. Au sous-sol, Stéphane s'était écroulé le visage dans son assiette, Joseph dormait la tête contre une enceinte crachant *Jumpin'Jack Flash* et Garcia faisait danser le rock à une jeune femme hilare. Quant à Maulin, affolé, il cherchait Pompidou qui lui avait fait faux bond, sans doute effrayé par la musique. Thomas monta l'escalier aussi étroit qu'escarpé pour accéder à la boutique où Pousson faisait goûter quelques jus rares dont une bouteille, sobrement intitulée « Le Picrate », suscitant la pâmoison des heureux élus. Devant Les Vendanges Tardives, parmi les grappes de buveurs venus s'aérer ou s'échanger des cigarettes, Thomas repéra Berthet en compagnie de Gravier, de Bernie dit « l'Archi » et de Talazac, le John Wayne du Beaujolais. Ce dernier semblait mélancolique et les autres écoutaient en silence ses plaintes.

— On dégénère, on dégénère... Mon grand-père mesurait plus de deux mètres, moi je mesure un mètre quatre-vingt-dix, mon fils à peine un mètre quatre-vingts. On dégénère, je vous dis, et c'est comme ça pour tout...

Thomas n'osa pas s'immiscer dans ces considérations et aperçut une longue jeune fille qui le fixait, adossée contre la vitrine du magasin, tenant un verre dans sa main droite avec la posture de celle qui s'apprête à boire. Ses cheveux blonds retenus en arrière par un chignon, elle souriait. Les réverbères dévoilaient ses yeux bleus. Elle était vraiment ravissante, grande, élancée. Thomas s'approcha lentement, aimanté par l'apparition.

— Vous vous ennuyez jeune homme ? Vous êtes encore sorti ce soir pour vérifier que vous ne rateriez pas une soirée inoubliable et maintenant vous êtes un peu déçu, un peu saoul aussi.

— Non, je ne m'ennuie pas, je ne m'ennuie jamais d'ailleurs...

— Tût tût, on ne me la fait pas. Je sais repérer les âmes en peine.

Thomas sourit à son tour à l'inconnue. Voilà le genre de fille née pour susciter l'obsession, se dit-il.

Son attitude qui n'avait rien qui s'apparente au défi ou à la provocation traduisait plutôt une franchise, une fraîcheur, une candeur, un naturel, devenus rares entre les humains, qui plus est entre des inconnus. Il avait envie de prolonger ce moment, mais elle ne disait plus rien et continuait de le fixer d'un regard caressant puis extirpa de son sac à main un petit appareil photo numérique.

— Pour mon mur de souvenirs, annonça-t-elle avant de lui tirer le portrait.
— Ne bougez pas, je reviens. Je vais chercher quelque chose de bon.

Thomas fila dans le magasin et obtint de Pousson un fond d'une bouteille d'Eric Callcut suffisant pour remplir deux verres. À son retour, la photographe avait disparu. La déception allait s'inviter, l'Archi déboula tel un chien truffier attiré par l'odeur du champignon.

— T'as du Callcut ? D'où tu sors ça ? Tu me fais goûter s'il te plaît ? Je te le revaudrai. Enfin, j'essaierai...

Thomas obtempéra, ils trinquèrent et le vin blanc irradia leurs palais, pourtant fatigués par la quantité de vin déjà ingurgité, de notes inédites : amandes, fleurs, noix... Ils n'avaient bu qu'une mince gorgée, mais les saveurs se déployaient avec une profondeur vertigineuse.

— Le vin, c'est ça et rien d'autre, trancha l'Archi.

Il avait sans doute raison. Thomas se sentait bien, vivant. Légèrement enivré, il observait tous ces gens autour de lui avec une affection inattendue. L'apparition s'était évanouie, comme maintenant la bouteille de Callcut. Toutes deux continuaient cependant de dispenser leurs sortilèges et leurs enchantements. De tels instants, simples et aristocratiques, valaient la peine d'être vécus. De cette joie, il ressentit une nostalgie par anticipation et, de fait, un léger désenchantement. Cette nuit s'inscrirait dans sa mémoire et ne le quitterait plus. D'autres moments, plus gracieux et plus inoubliables, se produiraient immanquablement, mais pas celui-ci. Il était, il avait été unique. La jeune fille avait raison : il fallait photographier, enregistrer toutes ces scènes apparemment anodines qui compteraient peut-être au final plus que bien d'autres.

Il restait à Thomas beaucoup de choses à découvrir. L'amour, bien sûr. Cette chose étrange qui ne vaut pas un sou bien que l'on puisse se damner, perdre tout maintien pour elle. Il connaîtrait peut-être l'amour, qui ne peut se vivre que lorsqu'on est jeune et que l'on peut croire en son éternité, et peut-être aussi le désamour, les décors embrouillés des soirées de chagrin, ce chagrin à devenir sourd, à devenir fou, et les trottoirs avec leurs flaques comme des larmes.

X

Après plusieurs mois passés quasi quotidiennement auprès de Berthet, Thomas n'avait guère appris de choses sur sa vie, sa *vraie vie*. Il connaissait mille anecdotes au cours desquelles Berthet avait relevé avec panache, courage, voire humour, des adversités de toutes sortes. Le jeune homme aurait pu faire la chanson de geste de Berthet le Conquérant. Exploits sportifs, universitaires, professionnels : rien ne manquait à la fabrication de la légende. Certains soirs, il avait séduit des femmes inaccessibles au nez et à la barbe de leurs maris ou compagnons. D'autres fois, il avait fait le coup de poing dans ces bagarres dont les nuits trop alcoolisées sont familières. Durant ses études, il avait obtenu haut la main tous les examens sans travailler. Thomas connaissait ses goûts en automobiles, en vêtements, en musique, en vins bien sûr, en gastronomie... Il savait ses sites Internet favoris, qu'il commençait la journée par la lecture de *L'Équipe* et la consultation de Facebook, qu'il avait voté Mitterrand en 1981 et Sarkozy en 2007, qu'il possédait un compte en Suisse, qu'il avait rencontré des célébrités du sport et du show-biz, mais de l'essentiel – sa vie intime, ses amours, sa famille –, il n'avait glané que de minces éléments lâchés au cours de récits plus vastes mettant en scène le héros.

Bien que respectant cette pudeur inattendue chez un être aussi expansif, Thomas avait parfois interrogé Garcia, le Toubib, Pierrot et d'autres sur le Berthet privé, cet astre secret inconnu de la plupart de ses contemporains. Des sourires entendus ou des silences faisaient office de réponse comme si l'on abordait là un champ de mines, un domaine réservé et protégé. Aussi, Thomas fut surpris et excité à la fois quand son patron lui annonça une rencontre inattendue.

— Mercredi, on doit voir Sébastien Tilloy à ma cave à quinze heures, il vient faire goûter les cuvées de son dernier millésime et il me livre des rouges de 2005. Il faut que tu sois là car on peut en placer par wagons dans les restos, il t'expliquera tout ce qu'il faut savoir sur ses vins et ses vinifications. Comme j'avais réservé chez Magnier depuis longtemps pour un déjeuner avec ma mère, le plus simple est que tu te joignes à nous. Je t'explique : ma mère parle beaucoup et longtemps. Si tu es là, tu fourniras un parfait alibi, on décollera du restaurant à quatorze heures trente. Elle ne pourra pas me faire de scène…

Thomas opina. D'une part, il n'était jamais allé chez Magnier, un deux-étoiles de la ville, et la perspective de faire la connaissance de Mme Berthet aiguisait sa curiosité. Le peu qu'il savait d'elle était en effet prometteur : la mère de Robert Berthet avait été un mannequin réputé à Paris dans les années 1960 et elle passait, selon Garcia, pour un personnage assez baroque.

Quand la Boxster déboula sur le boulevard Duportal après avoir copieusement klaxonné derrière un camion de livraison bloquant la rue Julien-de-Cecci, il était un peu plus de treize heures et Berthet s'énervait à l'idée d'arriver en retard. Une place libre vingt mètres avant le restaurant apaisa son courroux.

— C'est une place réservée pour les handicapés, fit remarquer Thomas.

— Tu crois vraiment que les handicapés ont les moyens d'aller déjeuner chez Magnier ? Stephen Hawking à la rigueur, mais il ne conduit pas et il y a peu de chance qu'il se pointe ici…, rétorqua le fraudeur en ricanant.

Pour l'occasion et malgré la chaleur, Thomas avait enfilé une élégante veste noire sur une chemise blanche et un jean slim foncé. Berthet arborait un polo rose débordant sur un chino beige. Le voiturier le salua et s'empressa d'ouvrir la porte de l'établissement. À l'entrée du restaurant, un serveur puis le maître d'hôtel présentèrent leurs hommages à Berthet avec la déférence due aux invités de marque. Par procuration, Thomas éprouvait ce frisson de plaisir – dérisoire et pourtant si flatteur – signifiant que vous êtes un *habitué*, que vous n'êtes plus complètement un inconnu dans la grande ville qui adore asséner aux gens ordinaires des rappels accablants de leur anonymat en plein visage. Le maître d'hôtel accompagna Robert et Thomas jusqu'à la table où attendait Irène Berthet. Ses longs cheveux jais ceints d'un serre-tête et tombant dans son dos dévoilaient un vaste front sans rides et des yeux noirs comme l'encre. Thomas se dit que Monica Bellucci ressemblerait à Mme Berthet lorsqu'elle aurait soixante-dix ans. La mère de Robert Berthet devait même flirter avec les soixante-quinze ans ou les dépasser, mais elle en paraissait insolemment dix ou quinze de moins. Elle se leva, le fils l'embrassa furtivement sur les joues et présenta l'invité surprise : « Thomas, mon assistant, je lui ai proposé de venir car on doit voir un vigneron ensemble après le déjeuner… »

— Tu avais peur de t'ennuyer ou de ne pas savoir quoi me dire ? lâcha Irène Berthet devant un Thomas rougissant.

— Ne commence pas maman…

— Enchantée, jeune homme. Vous travaillez depuis longtemps avec mon fils ?

— Non madame, depuis quelques semaines, enfin deux mois.

— Vous le connaissez bien alors. La première impression est la bonne avec lui.

Berthet encaissa et fit signe à un serveur. La conversation entre la mère et le fils laissa Thomas spectateur d'échanges autour de prénoms désignant frères, sœurs, tantes, oncles, cousins. Mme Berthet annonça qu'un cancer du foie avait été diagnostiqué à Marie-Jeanne, une cousine germaine d'oncle

Jacques, mais qu'elle s'en sortirait car on se remettait désormais très bien de ce genre de « pépin » d'après Solange.

— On ne se remet pas de ce genre de cancer, on y passe à coup sûr, trancha Berthet.

— Pourtant, Solange dit qu'elle a lu cela dans *Voici*...

— Solange n'est pas médecin et *Voici* n'est pas, aux dernières nouvelles, une revue médicale avec un comité scientifique

— Oui, eh bien tes médecins n'ont pas toujours raison, vois-tu. Regarde le sida.

— Quoi, le sida ?

— Ils se sont trompés, le sida n'existe pas.

— Pardon ?

— Le sida n'existe pas, ils sont formels. J'ai entendu cela l'autre jour à la radio.

— Je n'ai plus rien à dire.

— Peut-être que le silence est la meilleure solution face à une vérité établie.

— J'imagine que oui. Enfin, chez les dingues...

De temps en temps, Mme Berthet s'adressait au jeune comme à un arbitre muet comptant les points.

— Vous savez que parfois on prend Robert pour mon mari ?

— Maman, arrête.

— C'est peut-être pour cela qu'il ne veut pas que l'on nous voie ensemble. Robert a honte de ses parents, je crois qu'il ne nous pardonne pas d'avoir divorcé. Il avait pourtant dix-huit ans à l'époque...

Des heures heureuses

Plongeant le nez sur son assiette, Thomas tentait de faire diversion en saluant la qualité des plats.

— Tu ne devais pas passer quelques jours à Rosas avec oncle Jacques et Dominique ? demanda Robert en espérant déplacer la conversation sur un terrain pratique.

— Il n'en est pas question. Je n'ai plus confiance en lui depuis que j'ai rêvé qu'il était aveugle et qu'il me conduisait pourtant avec sa voiture aux funérailles de ton père.

— Papa n'est pas mort et oncle Jacques n'est pas aveugle, on le saurait...

— En principe, il n'est pas aveugle. Mais s'il se crevait les deux yeux avec une fourchette ?

— Bon sang, mais où vas-tu chercher ça ?

— Il n'y a pas une tragédie grecque où un type s'arrache les yeux avec une fourchette ?

— Je ne pense pas, non. Tu devrais plutôt en parler à ton psy.

— Justement, c'est lui qui m'a parlé de cette histoire avec la fourchette. Je n'ai pas fermé l'œil pendant quinze jours.

Folle à lier : en temps normal, c'est ainsi que Thomas aurait défini cette femme. Était-ce le respect dû à Robert Berthet ou l'allure altière, cette élégance sûre d'elle-même que dégageait Irène Berthet ? Il préférait la considérer comme un être excentrique, singulièrement libre. Dans sa bouche, les propos les plus délirants semblaient logiques, du moins naturels.

Alors que les cafés étaient servis, Mme Berthet expliquait à son fils qu'une dénommée Caroline avait appris à son chat, dit Le Minou, à marcher sur ses seules pattes arrière, performance qui valait une vive admiration à la dresseuse.

— Qu'est-ce que c'est que cette histoire... Je n'ai jamais vu de chat qui marche sur ses pattes arrière, dit Berthet d'un ton excédé.

— La belle affaire. Et tu as déjà vu Dieu peut-être ? Cela ne l'empêche pas d'exister, que je sache... Je te répète que Le Minou marche comme nous. Que cela te plaise ou non.

— Très bien, si tu le dis. Bon, on ne va pas traîner, nous avons rendez-vous avec un vigneron, annonça Robert.

— J'espère que nous ne vous avons pas trop ennuyé, jeune homme, avec nos histoires de famille.

— Non, non, pas du tout madame, j'ai été ravi de faire votre connaissance...

— Merci, vous êtes gentil, vous. Peut-être nous reverrons-nous ? Mon fils devrait me donner de ses nouvelles et m'inviter au restaurant d'ici cinq à six mois...

— Maman, ne joue pas à la pauvre mère délaissée, je t'en prie, pas toi.

Berthet finit son verre d'eau, régla par carte et laissa un billet de vingt euros en pourboire. Après des adieux sans effusion, mais riches en sourires devant le restaurant, le fils laissa exploser sa colère.

— Quand mes parents ont divorcé, elle s'est barrée aux États-Unis et nous ne l'avons pas vue pendant deux ans. Tout juste appelait-elle ses enfants le 1er janvier et elle me fait passer pour un fils indigne...

— C'est tout de même rare un chat qui marche sur ses pattes arrière..., osa Thomas croyant détendre son patron.

— Ça va, ne t'y mets pas.

— Ne t'énerve pas. Je ne disais pas cela pour me moquer... Bravo, t'as pris une prune. Je t'avais dit que c'était une place pour handicapés.

— Rien à foutre, Monsieur « Je sais tout ».

Berthet mit le PV en boule et le jeta sur le trottoir.

Sébastien Tilloy attendait adossé à sa camionnette rouge, deux casiers en bois remplis de bouteilles à ses pieds. La tenue du vigneron – un marcel et un bermuda – accentuait la massivité de la silhouette : près de deux mètres, plus d'un quintal à la pesée, des mollets gros comme des jambons, des bras de lutteur, un cou de taureau et des cheveux blonds en brosse. Incontestablement, Tilloy était le genre d'homme qui pouvait se promener le soir dans certains quartiers avec une assurance dépassant de loin celle de l'individu moyen. Berthet fit les présentations, leva la grille du garage devant lequel était stationnée la camionnette et le trio s'engouffra à l'intérieur. Avec sur chaque épaule une caisse tenue par des mains en forme de battoir, Tilloy évoquait un géant surgi de récits mythologiques. Au fond du garage où reposait un 4x4 couvert de poussière, un large escalier en ciment débouchait sur une vaste cave voûtée abritant une dizaine de milliers de bouteilles sagement endormies. Cela sentait le liège, le carton, le sous-bois. Sur le sol en terre, des vestiges de verre brisé et des bouchons témoignaient de précédentes dégustations. Le géant posa les deux caisses sur une table en formica. Au-dessus d'un lavabo, Berthet nettoyait des verres à l'eau froide et avec un chiffon. La dégustation pouvait commencer. Le vigneron présenta trois blancs, quatre rouges et un pétillant. Les trois hommes recrachaient chacun leur tour en se faisant passer un seau. Fermentation malolactique, sucre résiduel, macération carbonique ou volatile : aucun des termes qu'échangeaient Tilloy et Berthet n'étaint étranger à Thomas qui préférait cependant rester silencieux en laissant les professionnels de la profession jauger les jus en question. Berthet se montrait lapidaire, distillant çà et là un « Mouais... C'est bon... », « Pas mal, belle fraîcheur, combien TTC ? », « Ça goûte bien... », « Joli fruit, mais un poil de volatile en fin de bouche, non ? ».

— Alors Thomas, qu'est-ce qui te plaît ? Bob m'a dit que c'est toi qui démarches les restos et les bars...

— Tout est bon... J'aime moins le liquoreux, un peu trop de sucre pour moi, et le dernier rouge, un peu alcooleux, il empâte le palais, mais bon on l'a goûté en dernier...

Il avait eu le temps de préparer son intervention en mettant les formes d'usage à ses réserves.

— C'est peut-être l'élevage, c'est le seul qui est passé en fûts, des vieilles barriques bourguignonnes pourtant. Il faut attendre..., répondit Tilloy.

Berthet et le vigneron s'accordèrent rapidement sur le nombre de bouteilles commandées tandis que Tilloy confia à voix basse : « Il est pas mal le petit. Moi aussi, ce sont les deux vins que j'aime le moins... »

— Au fait Bob, tu sais que Jean-Cri a racheté des vignes et surtout du raisin pour faire du négoce ? Mais il doit s'associer, à la fois pour le cash et pour la vinification. Il ne peut pas abandonner son domaine, il a besoin de quelqu'un pour faire le vin et de quelqu'un qui apporte de la monnaie. Ça peut t'intéresser, non ?

— Je n'étais pas au courant. Cela faisait un moment que je n'avais pas de nouvelles de Besnard. Justement, j'allais l'appeler, je voulais savoir s'il lui restait de ses petites cuvées en rouge.

Berthet n'en laissait rien paraître, mais la perspective l'excitait. Cela faisait un certain temps que l'idée de produire ses propres cuvées, de faire *son vin* le titillait. De plus, Jean-Christophe Besnard était un excellent vigneron. Conseiller de Jean-Pierre Chevènement à la présidentielle de 2002, il avait quitté la politique un soir d'avril de la même année comme Lionel Jospin, mais de façon moins remarquée. Sa reconversion fut aussi surprenante que réussie. Il s'installa dans son Var natal, acheta une poignée d'hectares de vignes, suivit des formations, travailla chez des vignerons durant quelques mois et se lança.

Des heures heureuses

« J'ai quitté le vain pour le vin », aimait-il dire aux journalistes qui venaient parfois le voir pour des portraits sur le thème « Ils ont changé d'existence ». Le jeu de mots facile de Besnard était pourtant vrai. Rendu à une vie austère de paysan, cet homme avait abandonné le simulacre pour créer des vins lui ressemblant. À sa façon, humble et exigeante, l'artisan était devenu artiste. Berthet aimait sincèrement ses vins, d'autant que leurs petits prix permettaient jolies marges et ventes conséquentes. S'associer avec lui, trouver quelqu'un capable de vinifier le produit de ses nouvelles vignes et le raisin acheté : l'aventure pouvait se révéler amusante et lucrative…

XI

Il était huit heures du matin et une mauvaise chanson s'échappait du radio-réveil de Thomas dont le volume était presque au maximum. Pour se lever immédiatement, il avait adopté cette tactique : choisir une station commerciale ne passant que des daubes. Voilà qui ne donnait pas envie de traîner au lit d'autant que le radio-réveil était posé suffisamment loin sur la table de nuit pour ne pas être atteignable en position couchée. Hors coupures de courant, la méthode était imparable. Après avoir allumé la machine à café dans la cuisine, il consulta son téléphone portable qui indiquait quatre appels en absence et un nouveau message. Tous de Berthet, dans les trente dernières minutes. Thomas but un café puis écouta le message : « Ouais, c'est moi. Rappelle-moi dès que tu as ce message. » Un autre café lui parut un délai décent afin de faire patienter son patron. Il aurait même aimé le faire attendre plus longtemps, mais la curiosité le titillait.

— Salut, qu'est-ce qu'il y a de si urgent ?

Des heures heureuses

— Ah, tu rappelles enfin. J'ai parlé à Besnard ce matin et...

— À sept heures du matin ?

— Les vignerons se lèvent tôt, pas comme les étudiants attardés... Besnard a en effet acheté les surplus de raisin d'une vigneronne du Languedoc et trois hectares de vignes pas loin de chez lui. On s'est mis d'accord, on va s'associer. Jean-Christophe a même en vue un ancien vigneron, qui faisait du nature, pour s'occuper des vignes et de notre raisin. Le type est installé pas très loin de chez lui, ce qui tombe bien. D'une pierre deux coups...

— Tu ne t'emballes pas un peu ? Ça va vite. Hier, tu n'y pensais même pas...

— Écoute, je ne te demande pas ton avis, je t'informe. Et figure-toi que je pense à avoir mes propres cuvées depuis longtemps, avant même que tu saches à quoi le vin ressemble.

— OK, t'es le patron.

— Ne l'oublie jamais, junior.

— Et maintenant ?

Une heure plus tard, les deux hommes se dirigeaient vers le Var dans la Boxster affichant cent cinquante kilomètres/heure au compteur tandis que Berthet réglait au téléphone avec Besnard le rendez-vous chez l'ancien vigneron.

Peu après midi, le duo était devenu trio et Besnard au volant de sa fourgonnette affranchissait les passagers.

— Je dois vous avertir, Roland est un peu spécial..., lança Jean-Christophe en s'apprêtant à doubler une vieille Golf GTI affichant ostensiblement son soutien à l'OM.

— Spécial ? Mais spécial comment ? demanda Robert.

— C'est un type étonnant. Il a fait un tas de boulots : géologue, prof de sciences dans un lycée, œnologue, vigneron...

— Et aujourd'hui ?

— Il s'occupe, il bricole, il fait des thèses...

— Je vois le tableau : raisonneur et casse-couilles.

— Non, des vraies thèses. Il s'est inscrit voici quelques années à la fac d'Aix-en-Provence et a soutenu une thèse de droit constitutionnel sur le statut des provinces en Espagne. En ce moment, il en prépare une autre sur la convergence des alizés, un phénomène météorologique assez passionnant d'après lui. Tout l'intéresse, mais il a ses lubies, ses idées fixes. Récemment, il a écrit un livre à compte d'auteur sur la politique des grands groupes alimentaires et développé une théorie sur le réchauffement climatique qui serait un projet conçu par les Chinois. Il est aussi persuadé que le département d'État américain fait des expériences chez nous et remplace des animaux par des clones génétiquement modifiés qui eux-mêmes sont régulièrement remplacés par d'autres prototypes plus élaborés. Vous suivez ?

— Je crains que oui, maugréa Robert tandis que Thomas esquissa un sourire.

Des heures heureuses

— Roland a découvert cela avec son chien. Il le photographie chaque premier du mois pour relever les différences, un peu comme dans un jeu des sept erreurs. Faut reconnaître que parfois, cela marche. Enfin, on dirait que le chien n'est pas le même...
— Balèze, ton gars.
— Normal, il dit être relié à des forces supérieures, des énergies qui nous dépassent. Il reçoit des messages.
— Quels genres de messages ?
— Du genre à sauver la planète.
— Super. Tu ne crois pas à ces conneries quand même ?
— Non, bien sûr, mais il sait se montrer, comment dirais-je, pas convaincant... Troublant.
— Pourquoi quelqu'un voudrait remplacer son chien ? Qui se soucie du clebs de ce zigomar ?
— Attends, c'est pas si simple, cela ne concernerait pas que son chien. Le plan viserait plein d'autres animaux. Des humains aussi, il a des doutes sur son ex-femme.
— Et quel serait le but de ce plan ?
— D'après lui, ce serait pour le détourner de sa mission...
— Quelle mission ?
— Sauver le monde, je t'ai dit. T'écoutes pas ?
— OK, je vois. Dis-moi, je croyais que sa mission était de vinifier notre raisin.
— Bien sûr, il est excellent dans ce domaine. Enfin, il l'a été...

— D'accord, mais on pourrait peut-être trouver un excellent vinificateur qui ne soupçonnerait pas son chien et sa femme d'être des aliens.
— Oublions nos préjugés. Il faut donner sa chance à Roland.
— Si ce type est convaincu que son rôle est de sauver la planète et de repérer les clones qui nous colonisent, il est sans doute préférable de ne pas le distraire avec nos problèmes de raisin.
— Voyons-le d'abord, je te dis. Il gagne à être connu.

La fourgonnette gravissait le chemin en terre menant à la ferme en crissant sur des cailloux. Il était près de treize heures, le soleil faisait le fier et dans l'habitacle du véhicule dénué de climatisation la déshydratation menaçait.

Jean-Christophe se gara sous un grand peuplier à gauche du mas devant un hangar où dormaient une vieille moto, des vélos, des brouettes et d'autres choses, avec ou sans roues, plus ou moins identifiables par le commun des citadins. Des aboiements annoncèrent l'arrivée du maître des lieux surgissant de la bâtisse principale. « Il gagne à être connu », se répétait mentalement Thomas en découvrant ce quinquagénaire décharné aux cheveux bruns grisonnants ceints d'un bandana rouge. Sa chemise noire en lin, largement ouverte sur une poitrine ornée de nombreux colliers dont l'un avec une dent de requin, et ses yeux maquillés de khôl ébauchaient une certaine ressemblance avec Keith Richards, mais la jupe beige dévoilant des mollets secs et des pataugas d'autrefois ne collait guère avec les looks du mythique guitariste des Rolling Stones.

— C'est vrai que, de prime abord, comme ça, il a l'air curieux ton copain…, souffla Robert.

Roland salua son ami qui lui présenta Robert et Thomas. Alors que ce dernier caressait le berger allemand faisant la fête aux nouveaux venus, Roland lança « Voilà Oscar ! » tout en pointant un index sur ses lèvres, comme s'il allait falloir s'apprêter à un jeu serré avec l'animal. L'avertissement muet de Roland fut chassé par l'arrivée d'une jeune fille souriante qui portait une robe rouge sans manches et à pois blancs. Avec ses longs cheveux châtains, son front légèrement bombé, ses yeux verts en amande, sa silhouette de mannequin, elle évoquait une actrice dont la cote montait alors à Hollywood, ce qu'aucun des hommes présents n'était en mesure de remarquer.

— Lorraine, elle me donne un coup de main ici…, se contenta d'annoncer Roland, visiblement blasé par la présence de la déesse dans ce lieu où l'on ne s'attendait pas à la croiser.

Lorraine serra timidement la main des trois invités sans se départir de ce sourire ensorceleur puis fila à l'intérieur de la bâtisse. Après un bref tour du propriétaire au cours duquel Roland présenta ses anciennes vignes, près de trois hectares qu'il avait arrachés un an auparavant, décision prise lors du solstice de juin sur injonction des astres, l'homme qui entendait des voix annonça la suite des opérations.

— Bon, maintenant, si on cassait une graine et si on descendait quelques quilles ?

Dans la pièce principale du mas au rez-de-chaussée, une vaste table en bois attendait les convives. La fraîcheur salvatrice de l'endroit acheva d'aiguiser les appétits. Une salade de tomates, du pâté, des côtes d'agneau grillées, des fromages et une salade de fruits comblèrent l'assemblée. C'était simple et bon, comme cela devrait toujours être, tout le temps, partout. Roland avait remonté de sa cave des vins qui lui ressemblaient : troubles, nerveux, goûteux, originaux... Un blanc oxydatif du Jura, un rosé de Tavel à la robe rouge, un rouge pétillant du Vendômois et un muscat de Corse offrirent à l'assemblée le plaisir de voyager sans quitter la table. Jean-Christophe et Robert sondaient Roland sur sa capacité et son intérêt à se remettre à la vinification, volonté difficile à jauger tant les considérations les plus techniques et rationnelles quant à l'entreprise étaient interrompues par les marottes du bonhomme : les complots, le grand remplacement des animaux et des humains par des clones, le devoir de sauver le monde, y compris malgré lui...

Pendant ce temps, Thomas faisait la conversation à la belle Lorraine qui, au fil des verres, se débarrassait de son apparente timidité.

— Que fais-tu ici exactement ? Tu es de la famille de Roland ?

— Non, je suis étudiante. Je dépanne, je travaille sur la propriété, au verger et dans les vignes. Enfin, ce qu'il en reste...

— Un job d'été, quoi...

— Pas vraiment, je suis en stage, en fait, dans le cadre de mon master en sociologie.

— Ici, tu tiens un sujet même si je ne suis pas sûr qu'il soit sociologiquement représentatif.

— Mais si Roland accepte votre proposition, je vais peut-être laisser tomber mes études pour me lancer dans le vin et travailler pour lui...

— Ah, oui ?

Thomas envisagea l'idée de recruter Roland sous un autre angle : l'angle Lorraine. La possibilité de revoir régulièrement cet ange terrestre, en attendant peut-être mieux. Les pommettes de la jeune femme avaient rosi sous l'effet de l'alcool. Ses lèvres, elles, étaient de cette couleur framboise qui donnait envie de les mordre avec douceur.

La conversation fila, dériva au gré des verres descendus. Après le dessert, Thomas proposa à Lorraine de faire un tour sur le domaine. La jeune fille accepta comme si on lui avait offert un cadeau inattendu. Oscar se leva d'un bond et les suivit. Lancé dans une démonstration sur le délicat maniement des levures indigènes dans le vin, Roland jeta un bref coup d'œil sur les tourtereaux accompagnés du chien et changea de sujet. On sentait qu'il voulait passer aux choses sérieuses, enfin de son point de vue.

— Et si je vous montrais les photos d'Oscar ?

Il se rua dans une pièce voisine et en revint avec une grande enveloppe marron sur laquelle était inscrit au feutre noir « Opération Oscar ». Roland en tira une vingtaine de clichés du berger allemand et les fit passer autour de la table en offrant à ses convives les informations essentielles.

— Je soupçonne le « vrai » Oscar, ce chien que je connais maintenant depuis sept ans d'avoir été enlevé et remplacé l'an dernier par des prototypes génétiquement modifiés. Je n'arrive pas à savoir quand se produisent ces mutations ou ces remplacements, sans doute la nuit, mais les photos montrent bien qu'il ne s'agit pas du même animal. Regardez les yeux, la couleur du pelage, la forme des oreilles, la taille des griffes... Il y a une date derrière la plupart des photos. Comparez. Vous allez comprendre. C'est spectaculaire. Je suis sûr que les Ricains sont dans le coup.

Pour un non-initié, les différences n'étaient guère perceptibles. Certes, ici ou là, l'animal était plus ou moins flou, plus ou moins lumineux, mais cela tenait d'abord aux performances du photographe, sans doute tributaires de la quantité d'alcool ingurgitée quand il se lançait dans ses œuvres. C'est ce que pensait Robert face aux clichés de ce brave Oscar qui semblait – remplacé ou pas – faire preuve de beaucoup de patience, voire d'intérêt, envers la marotte de son maître. Jean-Christophe se montrait plus coopératif.

— C'est curieux, sur celle-là, on ne le reconnaît pas vraiment... Il est plus... Enfin, il est moins...

— Je vous le dis. C'est évident. Regardez, il a les yeux rouges là...

— Tu sais Roland, moi aussi, j'ai eu les yeux rouges sur certaines photos et je n'ai pas été « remplacé » pour autant. En fait, tout le monde, ou presque, a eu les yeux rouges, un jour, sur une photo…, osa Robert afin de faire retomber l'excitation de leur hôte et de le ramener vers les sujets importants.

Roland releva la tête, lança un regard noir au sceptique tout en affichant une moue de dégoût. Les secondes paraissaient plus longues qu'à l'accoutumée, un peu comme dans ces scènes de westerns dans un saloon lorsque le spectateur a compris que la situation va dégénérer.

— Toi, je te sens pas, décocha Roland. Depuis le début, tu as l'air bizarre. Tu n'y connais rien en vin et j'ai l'impression que tu ne veux rien y comprendre. Tout est lié dans le monde : les astres, les plantes, les hommes, les animaux… Si l'on modifie chimiquement ou artificiellement l'un, tous les autres sont aussi concernés. Tout est déréglé, bordel ! C'est le grand remplacement ! J'aimerais bien savoir quand tu as eu les yeux rouges… C'est pas commun, c'est pas humain ça, d'avoir les yeux rouges. T'en as trop dit ou pas assez !

Roland s'échauffait. Des filets blancs de bave mousseuse apparaissaient aux commissures de ses lèvres et, pour le coup, ses yeux rougissaient. Une photo de lui à ce moment précis, même prise par le plus sûr des appareils numériques, aurait plongé Roland dans des abîmes de paranoïa.

— Calme-toi David Vincent, on va te laisser avec tes envahisseurs et les photos de ton clébard, rétorqua Robert en quittant la table. Roland se leva à son tour. Dans ses éructations, la théorie du grand remplacement et sa mission de sauver le monde étaient oubliées au profit d'une préoccupation plus prosaïque, et par là plus aisée : ouvrir le ventre de Robert.

— Je voudrais bien voir ça... Avec ta dent de requin ou ton tire-bouchon ?

L'ironie n'est pas le meilleur des registres lorsqu'il s'agit d'apaiser des esprits tumultueux prompts à en découdre. L'Histoire nous l'a appris depuis au moins la plus haute Antiquité : un retrait bien ordonné se révèle souvent préférable à une escalade aux conséquences imprévisibles. Diplomate, Jean-Christophe tenta de ramener les deux hommes à de meilleurs sentiments.

— Allons, allons, nous n'avons pas fait tout ce chemin pour se battre. Revenons à nos raisins...

— On se barre. Assez perdu de temps avec ce tordu, trancha Robert accompagné par les aboiements joyeux d'Oscar faisant des petits sauts autour de lui, comme s'il avait senti qu'il était à l'origine des événements. L'intervention inattendue du chien, dont le retour était passé inaperçu, conforta Roland dans sa thèse.

— Regardez-les ces deux-là. Qui se ressemble s'assemble !

Lorraine et Thomas revinrent au bon moment, ou au mauvais. Jean-Christophe et Robert s'apprêtaient à quitter les lieux. Mutique, les yeux clos, immobile et les bras croisés, Roland semblait plongé dans une réflexion précédant des actes irrémédiables dont on dit plus tard qu'ils auraient mérité une plus mûre réflexion.

Mis au courant de la situation orageuse par Jean-Christophe, Thomas salua la belle Lorraine en l'embrassant sur les joues. Prenant place dans la fourgonnette, il ressentit cette douce tristesse qu'inspirent aux âmes sensibles les gens aimables et attachants que l'on sait ne jamais revoir.

XII

Berthet oublia vite le projet de s'associer à Besnard pour produire leur vin de négoce. L'emballement n'avait pas survécu aux premières contrariétés. L'été s'avançait avec sa chaleur peu propice aux initiatives d'envergure et les affaires courantes reprirent le dessus. Thomas en était un peu déçu, mais ne le montra pas, préférant profiter de la relative baisse d'activité due à la période pour se lever plus tard et regarder des saisons entières de séries télévisées en DVD. Le mois d'août se profilait et le patron prévint qu'il passerait les trois premières semaines dans le Lubéron, dans une maison louée par une tante, avait cru comprendre Thomas, et à Saint-Tropez avec des amis. Berthet à Saint-Tropez : Thomas aurait voulu voir ça. Pas sûr que La Voile Rouge ou Le Byblos servent du vin naturel.

— Tu peux prendre les quinze premiers jours d'août. Ici, c'est mort. Reviens après le 15 pour assurer l'intendance, voir les commandes et les livraisons à venir. Moi, je gérerai l'essentiel par mails... Puis, tiens, voilà une petite prime de vacances, dit Berthet en tendant cinq billets de cent euros.

Ils étaient dans un coin de la cave de Berthet servant à celui-ci de « bureau » et Thomas aperçut sur la table en bois branlante une arme de poing, plus précisément un Browning qu'il reconnut non à cause de sa fréquentation des armes à feu, mais grâce à son goût pour les séries et les films américains dans lesquels l'usage de ce type de pistolet était récurrent.

— Qu'est-ce que c'est que ce truc ?

— Ben, c'est un flingue... Ça se voit pas ?

— Oui, j'ai bien compris, mais qu'est-ce que tu fais avec ça ? T'as un permis ?

— J'ai que le permis de séduire, pas celui de tuer, ricana Berthet. T'en fais pas, il est pas chargé.

— Raison de plus, tu penses faire quoi avec cette pétoire ? Tu pourrais la ranger, ne pas la laisser traîner. T'es dingue...

— C'est pas moi qui suis dingue, c'est le monde. Puis, t'inquiète, il est pas chargé, mais j'ai des balles quelque part dans un tiroir. Si besoin est, la sulfateuse est prête...

— Je ne veux rien savoir de plus. T'es complètement barré ! C'est la prison qui est prête avec un engin pareil.

— Moi, je préfère aller en prison que me faire tuer par un malfrat ou un dingo. Tu lis les journaux, gamin ? Le monde est dangereux et il vaut mieux être prêt si les choses tournent mal...

— C'est toi qui tournes mal et qui es dangereux, j'y crois pas... Un flingue...

Les deux hommes échangèrent encore un moment leurs vues irréconciliables sur la situation avant de se séparer.

Quelques jours plus tard, Thomas rejoignit ses parents et ses sœurs cadettes qui avaient filé vers la villa familiale de la Costa Brava, sise dans un village ayant moins souffert que d'autres de la bétonisation à outrance et du tourisme de masse, même si en ce mois d'août Français, Belges, Allemands, Anglais et autres affluaient en pacifiques envahisseurs. Pour accéder à la mer, il fallait simplement traverser une rue et le flanc gauche de la plage, occupé par quelques rochers, demeurait relativement dépeuplé. Poissons, seiches et gambas grillés à la plancha, fritures de calamars ou de *pescaditos*, poulpe à la galicienne, *patatas bravas*, jambon, chorizo, lomo, *fideuà* et paella le dépaysaient en toute familiarité puisqu'il connaissait ces mets et ces plats depuis sa tendre enfance, quand il riait aux éclats en essayant mollement de se défendre contre les assauts de son père léchant le sel déposé par la mer sur ses bras ou ses épaules. Que c'était loin, que c'était proche... Des souvenirs assaillaient Thomas : les visites à l'ancien zoo qui avait fermé ses portes depuis et où il aimait voir les ouistitis, les escapades sur le Zodiac du voisin, des visages d'enfants, ceux qu'il avait côtoyés ici, comme la petite Carine qu'il avait connue à l'âge de six ans et durant trois étés. Il était amoureux d'elle, du moins c'est ainsi que Thomas avait traduit ses sentiments pour celle que sa mère désignait sous le terme : « ta petite amoureuse ». Un mois d'août, Carine et ses parents n'étaient pas là. Il en ressentit une peine qu'il s'efforça d'oublier en nageant loin et en s'approchant des bouées qui marquaient la limite des zones de baignade sous les récriminations des parents. Un jour, il faudrait tourner le dos à cette Espagne de carte postale et de vacances familiales de petits Français. À moins qu'à son tour, il ne prolonge le rituel et emmène ses hypothétiques futurs enfants sur cette plage.

Quand il regagna sa ville le mardi 10 août, elle était assoupie, colorée d'un soleil rougeoyant et sans souci, vidée de beaucoup de ses autochtones en partie remplacés par des touristes éphémères, en transit avant de rejoindre l'Océan, la Méditerranée ou de remonter vers le nord. Thomas aimait cette latence malgré la fermeture des cavistes, des bars et des restaurants qu'il fréquentait d'habitude. Du coup, il se reportait vers d'autres lieux moins familiers qu'il découvrait auréolés du charme de la nouveauté ou bien il renouait avec des terrasses abandonnées depuis trop longtemps comme celle du Café des Artistes avec vue sur la Garonne grise. De temps en temps, des jeunes filles lui demandaient du feu qu'il n'avait pas, ce qui n'empêchait pas de faire plus ample connaissance. Thomas prolongeait sa jeunesse. Il n'imaginait pas de quoi seraient faites les prochaines années, sachant juste que travailler au noir pour Berthet n'était qu'un agrément provisoire. Pour l'instant, il laissait venir, se sentait aussi cool que Steve McQueen dans *L'Affaire Thomas Crown* ou que Clint Eastwood dans les films de l'inspecteur Harry, enfin quand il ne sortait pas son flingue. L'absence de Berthet avait aussi du bon. Celui-ci se contentait d'un SMS tous les deux ou trois jours. C'était reposant.

Le retour du patron se fit en fanfare et dans ses paroles en rafale on pouvait entendre les coups de klaxon de sa Boxster. Dès le 16 août, il était là, ayant abrégé ses vacances. Sur la terrasse du Sylène, il afficha sa nouvelle lubie.

— Il faut qu'on investisse vraiment les réseaux sociaux... Moi, je poste de temps en temps sur Facebook, mais ce n'est pas suffisant. C'est là que ça se passe et les jeunes y sont accros. Pas qu'eux d'ailleurs...

— Je ne suis même pas sur Facebook, alors...

— Ben, faut vivre avec son temps, gamin...

— Oui, peut-être, mais je n'ai pas envie d'être comme ces millions de cons accrochés à leur smartphone.

— Rien à voir, là c'est pour le boulot...

— D'après moi, ça a tout à voir. Ça commence par le boulot puis ça s'incruste partout ces trucs, comme les maladies dans les vignes.

— Eh, tu ne vas pas faire ton technophobe. Je ne te demande pas de devenir un geek, mais d'assurer notre présence sur ces machins. Tu twittes un coup le matin et l'après-midi, tu mets une belle photo sur Instagram chaque jour, un petit coucou sur Facebook dès que ça se présente, et voilà le tour est joué. Pas compliqué, non ?

— Pourquoi tu ne fais pas ces conneries toi-même ?

— Parce que je te paie pour les faire ! Merde, c'est pas vrai ! Je suis ton patron, un patron hyper cool et tu me la joues façon syndiqué de base, gaucho à la mords-moi-le-nœud !

— On se calme Zuckerberg ! Et puis t'as déjà vu mon portable, non ? rétorqua Thomas en brandissant un téléphone archaïque assez peu capable de fourbir les armes de la conquête des réseaux sociaux envisagée par Berthet. De toute façon, même si tu m'en payais un autre, il est hors de question que j'aille sur ces saloperies !

Devant la fronde de son employé, Berthet décida d'assurer en personne la mission qu'il abandonna rapidement. Quelques jours plus tard, il avertit Thomas d'un rendez-vous à ne pas manquer.

— Mon vieil ami Arnaud est de passage jeudi. On va dîner chez Aziz, amène-toi, je vais te le présenter. Il est prof de droit à Perpignan, un vrai champion…

Quand Thomas poussa la porte de La Belle Équipe, Berthet et son ami étaient en pleine discussion avec une bouteille de blanc bien entamée.

— Pourquoi les filles dont nous tombons amoureux sont toutes folles ? demandait le juriste.

— Moi, je préférerais autant qu'elles ne soient pas dingues, argua Berthet.
— Oui, mais c'est impossible. Tu le sais bien.

Thomas interrompit l'échange pour se présenter. Le professeur de droit avait une allure de bûcheron, mais un visage avenant, presque poupon, un air de Will Ferrell, cet acteur comique américain dont il raffolait. L'universitaire reprit le cours de son propos en égrenant ses aventures sentimentales malheureuses qu'il collectionnait avec une perfection d'artiste.

Les filles normales, il les décourageait, avouait-il. Il voulait du sauvage, du pur, de l'unique. Pas de contrefaçons singeant les magazines féminins ou la télévision. Une Clotilde, un jour, avait essayé de le poignarder avec un couteau de cuisine. Il s'en était tiré avec une estafilade sur le bras gauche. Berthet le félicita à sa façon.

— Attends, là, grande classe. C'est *Liaison fatale*, *Basic Instinct*... Hollywoodien !

Arnaud riait et repartait dans le récit de ses déboires. Sa vie encombrée de déceptions et de conflits avec les importants et les fâcheux, de redditions grandioses ou piteuses, ne lui avait apparemment inoculé aucune amertume, épargnant ainsi son enthousiasme. Il méprisait la médiocrité et la rancune, préférant s'évader dans le récit d'embardées, de dérives picaresques, de grosses farces. La virée à Londres avec deux potes décidée un soir d'hiver à l'apéro. Juste le temps de prendre un avion et le dernier Eurostar. Le plongeon dans la Garonne depuis les berges après un pari et un déjeuner trop arrosé. L'intrusion nocturne en compagnie de Berthet, dans la villa d'un ami commun, célibataire pendant une semaine de vacances scolaires, sauf qu'ils s'étaient introduits en forçant la baie vitrée, par erreur, dans la demeure des voisins protégée par une alarme... Par chance, les habitants n'étaient pas là, ils eurent le temps de détaler avant l'arrivée de vigiles ou de policiers.

Côté femmes, il affichait un flegme certain face aux échecs et aux rebuffades n'hésitant pas à conserver des SMS d'anciennes conquêtes assez peu enclines à la nostalgie. Il les exhibait de son téléphone tels des trophées. L'une le traitait de « gros porc », une autre diagnostiquait « un authentique goujat ». Cela ne valait pas le « Tu es un salaud d'anthologie » asséné par une Clémentine.

— Tu sais Bobby, on n'est peut-être pas très brillants, mais il suffit de regarder la plupart des couples autour de nous pour se rassurer. Ils s'ennuient, se supportent par convention, baisent par habitude, accumulent les vacances inutiles aux Bahamas, à Saint-Domingue ou à Saint-Barth, organisent des week-ends « en amoureux » à Prague ou à Vienne. Ils font des enfants, deux en principe ou trois pour les plus courageux, parce qu'il faut bien faire des enfants quand on vit ensemble. Ils se trompent, mais ne se quittent pas. Parfois, très rarement, ils divorcent. Le pavillon en banlieue cossue, l'appartement en ville, la maison de campagne,

Des heures heureuses

l'Espace ou le 4 × 4, les invitations à dîner que l'on s'échange, les soirées devant la télévision, les négociations autour des achats à venir et des placements financiers, les loisirs des gosses, les rendez-vous obligés chez les belles-familles : moi, je leur abandonne volontiers la panoplie du couple modèle...

À cette vie bien réglée, il préférait des soirées ouvrant sur des nuits dont ne subsistaient plus grand-chose au petit matin : des mines chiffonnées, des gueules de bois, des tickets de carte bleue exorbitants, des trous de mémoire, des bleus aux bras ou aux jambes, des numéros de téléphone griffonnés que l'on ne rappellerait pas, des cartes de visite qui ne disaient plus rien.

Arnaud clamait qu'il n'y avait pas besoin de serments ni de vœux de fidélité entre les vrais amis, Berthet l'écoutait sans paraître vraiment convaincu notamment quand il cria : « Nous sommes les derniers romantiques ! »

Thomas prit prétexte d'un mal de crâne et d'un besoin de sommeil pour s'éclipser. Arnaud le salua chaleureusement en lui disant : « T'es un bon toi ! » Ne sachant pas comment répondre à ce compliment ni ce qui le justifiait, il sourit et disposa.

XIII

Parmi les gens originaux, voire étranges, œuvrant dans le monde du vin que lui présenta Berthet, Jean-Christophe Besnard était son préféré. Ce type se distinguait par sa culture qu'il n'étalait jamais, sa drôlerie, la sympathie qu'il suscitait naturellement. Aussi, quand Berthet lui dit que le dernier week-end de septembre, ils se rendraient dans son domaine en Provence pour participer à la fête de la fin des vendanges, Thomas imagina quelque chose d'immanquable. « Tu vas voir, c'est bonnard », promit le patron qui avait loué une maison d'hôtes à deux ou trois kilomètres du domaine car le retour en voiture après le dîner se devait par précaution d'être le plus court possible. La Boxster étant en révision, Berthet prit son 4 × 4 Audi pour l'excursion.

— Vu l'état des routes, ou plutôt des chemins, dans le coin, c'est de toute façon plus prudent, précisa-t-il.

Quand ils arrivèrent à La Roquebrussanne, au Domaine des Terres Promises, chemin de l'Espérance, l'aspect rustique du décor frappa Thomas. Au bout d'un passage en terre tortueux, le « Domaine », situé à quatre cents mètres d'altitude, se composait d'une maisonnette, d'un toit en tôle posé sur quatre piliers en béton protégeant deux cuves, d'une petite grange et d'un local remplis de fûts en bois. Aux alentours, on pouvait repérer un tracteur et une jeep devant dater du débarquement en Provence. Des bouteilles vides étaient plantées un peu partout tandis que des boules de pétanque abandonnées sur une bande de gravier indiquaient un boulodrome improvisé. Cela ressemblait plutôt à un camp de manouches ou à une communauté post-soixante-huitarde qu'à l'idée classique que le quidam se fait du domaine viticole. La dizaine d'hectares de vignes de Besnard était disséminée à des kilomètres à la ronde sur des parcelles parfois minuscules, ce qui nécessitait courage et organisation durant les vendanges. Thomas se félicita d'arriver après l'épreuve. Besnard les accueillit en souriant, un chèche bleu autour d'un polo rouge tandis que devant la maison une dizaine de personnes étaient assises sur un canapé au bord de la rupture, des tonneaux et des chaises. Personne ne buvait, nota Thomas surpris. Besnard présenta sa troupe de vignerons bénévoles. Il y avait Alexandre, policier dans le civil ; Hakim, éducateur ; Juliette, étudiante en arts plastiques à Marseille ; Kevin, Marie, Nathalie… D'autres sortirent de la maison : Léa, serveuse dans un bar à vins branché et parisien ; Paulette, fleuriste ; Julien, normalien… D'autres encore dont Thomas eut du mal à retenir les prénoms. Avec son pantacourt et ses dreadlocks, le jeune Damien se présenta comme « sans profession fixe » même s'il avait l'habitude des vendanges. Il était passé par là quelques semaines plus tôt et la perspective d'un toit, dans la grange, et de trois repas par jour l'avaient convaincu de se joindre à la troupe. L'ambiance était plus bohème que bourgeoise.

À la proposition de boire un coup émise par Berthet, le policier opposa avec son autorité naturelle qu'il fallait attendre que le soleil se couche et que les premières libations auraient lieu à « la chapelle ». Les consignes venaient de Jean-Christophe qui s'apprêtait à aller chercher à l'aéroport de Marignane l'un de ses vieux amis parisiens venu participer à la fête. Apparemment, le vigneron n'avait pas prohibé la consommation de tabac puisque l'une des jeunes filles et Damien apportèrent deux narguilés. Trois quarts d'heure plus tard, la nuit était tombée.

— Bon, on va peut-être ouvrir quelques boutanches…, proposa Berthet.

— Pas avant de monter à la chapelle, on attend Jean-Christophe. Il ne faut pas être pressé comme ça Robert, le temps est de notre côté, répondit la jolie Léa dans un sourire qui annihila l'impatient.

On ne transigeait pas sur le protocole. Le rituel de la fin des vendanges avait quelque chose d'un peu sacré. Enfin, la camionnette de Berthet revint. En sortirent le conducteur et un quadragénaire grand, mince, au crâne rasé et aux yeux bleus fiévreux. C'était le moment de rejoindre la chapelle. Léon et quatre vendangeurs s'agglutinèrent sur la banquette arrière du 4 × 4 de Berthet, Hakim prit le volant de la camionnette chargée elle aussi à ras bord, Besnard accrocha à son tracteur une sorte de carriole sur laquelle prirent place Paulette, Léa et Juliette.

— Robert, tu me suis, avertit le vigneron hilare en prenant la tête du convoi.

Le tracteur se lança sur une route sinueuse à une vitesse qui surprit Berthet, pourtant pilote aguerri. Les phares du 4 × 4 éclairaient la carriole où valdinguaient dans les virages les trois jeunes filles qui riaient aux éclats. Des cahots les faisaient se soulever comme des fétus de paille avant qu'elles ne retombent.

Au bout de dix minutes, le tracteur s'arrêta au pied d'une colline garnie d'une forêt. Tout le monde se rassembla. Il fallait maintenant rejoindre à pied le sommet pour accéder à Notre Dame d'Inspiration, chapelle datant du XIIIe siècle entourée de vestiges d'un ancien château détruit au début du XVIIIe et d'un amphithéâtre édifié à la même époque. Vingt minutes furent nécessaires pour accéder au site sur un sentier aussi étroit que rocailleux et d'une inclinaison que Thomas estima à trente degrés. Malgré la fraîcheur qui était tombée, c'est en chemise et en nage qu'il acheva l'ascension dans l'obscurité à peine contrariée par la luminosité des écrans des téléphones transformés en lampes de fortune. Les compagnons de Besnard semblaient rodés à l'exercice puisqu'ils parvinrent en avance au sommet bien que chargés de caisses de vins, de cartons et de sacs contenant verres et victuailles. Là-haut, la Lune avait repris ses droits et recouvrait un panorama digne d'un western de John Ford ou d'un roman de Giono. Les bouteilles s'ouvrirent à la chaîne, les jeunes assuraient le service, tendaient des verres, découpaient des tranches de pain et de saucisson, taillaient dans de belles terrines. Se pliant à des dégustations à l'aveugle, les plus fins palais tentaient de reconnaître les vins servis. Les nourritures terrestres et le décor grandiose auréolé de spiritualité portaient l'assemblée à des considérations peu actuelles. Madame de Sévigné, quelques rois de France, Aristote et de Gaulle furent convoqués. Thomas savourait. Une heure était passée, il convenait maintenant de revenir au domaine pour le dîner. Tout fut rangé en un clin d'œil et la descente sur le sentier se révéla plus rapide, mais aussi plus dangereuse, que l'ascension. Dans la maisonnette, que Besnard et les vendangeurs nommaient « le cabanon », cinq volontaires se lancèrent dans la préparation du repas et le réchauffage d'une blanquette de veau mijotant depuis la veille. Des petits groupes conduits par Jean-Christophe allèrent goûter ses jus sur fûts. Vers 23 heures, la vingtaine de commensaux prit place en se serrant autour d'une table en bois. Certains se levaient, allaient fumer à l'extérieur, choisissaient la musique sur un ordinateur se débranchant régulièrement.

On discutait à deux, trois ou plus. Des danses et des chansons s'invitaient. Thomas, comme tout le monde, était gagné par une douce ivresse, avait le sentiment de connaître ces gens depuis longtemps. En compagnie de visages souriants, de têtes bien faites et de mains qui ne rechignaient pas à l'effort, il était en communion.

Les vendangeurs vouvoyaient tous Jean-Christophe, à l'exception d'Hakim qui le considérait plus comme un ami que comme un maître. Les autres l'interrogeaient avec respect, voire dévotion, sur les procédés de vinification, sur l'état du raisin de telle ou telle parcelle, sur les assemblages, la fermentation ou l'action des levures et buvaient ses paroles. Besnard aurait pu se prendre pour un gourou, sa modestie et son goût pour la pédagogie lui épargnaient ce travers. « Je veux des vins joyeux et droits », disait-il. Thomas acquiesçait. Oui, c'était bien vu. *Douce France* de Trenet résonna des enceintes branchées sur un ordinateur. Thomas en fut ému, il adorait ses chansons : *Il y avait des arbres, Fidèle, Cinq ans de marine, Revoir Paris...* Il l'avait découvert par une reprise de *Que reste-t-il de nos amours ?* par João Gilberto. Son cœur se serra en réentendant à travers le brouhaha général cette histoire de souvenirs familiers, de romances sans paroles, de vieilles chansons d'autrefois et de tendre insouciance surgis du pays de l'enfance. « Ici, on oublie le temps », lui souffla Damien. Thomas regarda autour de lui les visages, les gestes, les éclats de rire, des mains qui coupaient du pain, d'autres qui remplissaient des assiettes.

Après le dîner, ils continuèrent à boire. Thomas était à ce stade de l'ivresse qui permet encore de profiter de chaque instant dans une indulgence fatiguée. Léon, l'ami de Jean-Christophe, dissertait et parlait fort. Il avait le verbe aussi lyrique que truculent. Le qualificatif de réactionnaire ne lui convenait pas vraiment. Léon était anarchiste, monarchiste, mérovingien, collectiviste, catholique, païen, luddite, cosaque. À tour de rôle ou bien ensemble. Cela chassait la banalité. Il écrivait dans des magazines de santé et pour la télévision des textes de bandes-annonces d'émissions qu'il ne regardait pas.

— Tous des cons ! L'autre jour, j'ai fait allusion à *La Chanson de Roland*. Le rédacteur en chef a demandé qui était ce chanteur...

Les anecdotes de ses avanies avec le monde moderne ravissaient l'assistance. Internet le dégoûtait, avoir un téléphone portable lui était une blessure ouverte. Comment faisait-il pour boire autant et presque tout le temps ? Il buvait dans des verres, pas forcément le sien, à la bouteille, au magnum... Par moments, il s'effondrait. Dormait quelques minutes et reprenait en se réveillant la conversation quasiment au mot près où il l'avait abandonnée : « Comme disait saint Augustin... », « Le problème avec Debord... »

— Quand j'ai un coup de mou, lire une page de Bernanos ou de Bloy, cela me remet à cheval ! s'exclama-t-il avant de se ruer vers l'ordinateur pour faire écouter via un clip sur YouTube une chanson d'un groupe français étrange, entre le punk et le rap, qui en appelait sur un ton rageur aux belles âmes, aux belles dames, aux utopistes, aux éveillés, aux cérébrés... Déguisés en chevaliers médiévaux, les chanteurs invoquaient encore le royaume de l'enfance. La chanson mettait Léon en transe. Ce qui ne l'empêchait pas de se livrer à une exégèse des paroles dans lesquelles il percevait des accents houellebecquiens, bernanosiens, chrétiens.

Il était quatre heures du matin lorsque Berthet et Thomas regagnèrent leur maison d'hôte, vaste et confortable, dont ils ne profitèrent guère car il fallait se retrouver à partir de midi au domaine avant que le groupe ne se rende à la villa d'un ami de Jean-Christophe près de Toulon pour un déjeuner autour d'une piscine. À midi, devant le cabanon où il avait vaguement dormi, Léon dégustait au goulot un magnum de rouge de Besnard. Les autres émergeaient à tour de rôles, plutôt fringants au regard de leur court sommeil et de la soirée. Jean-Christophe arriva à son tour au volant de sa camionnette. La perspective de ce déjeuner plaisait à Thomas, mais Berthet voulait rentrer. Une jeune fille passa devant le cabanon, vêtue uniquement d'un tee-shirt tombant au début de ses hanches. Jusqu'à mi-cuisse, ses jambes avaient la couleur de raisin rouge. Apparemment, elle venait du pressoir. Les conversations s'éteignirent pour saluer l'apparition. Léon rompit le charme en demandant qui pouvait l'amener à la gare Saint-Charles de Marseille où l'attendait un train le

Des heures heureuses

ramenant à Paris. Au grand dam de Thomas, Berthet se porta volontaire.

— Ce n'est pas sur notre chemin, mais comme on va rentrer nous aussi, on peut te déposer...

Thomas regrettait le déjeuner qui s'évanouissait et, avec lui, tous ces bons compagnons. Berthet promit de revenir l'année suivante sur fond de bises et de poignées de main, sans que personne ne soit dupe : ce type de promesse est rarement tenu. Le 4 × 4 avala les kilomètres sur l'autoroute avant d'arriver dans les embouteillages de Marseille qu'il s'efforça de disperser à coups de klaxons. À l'arrière du véhicule, Léon biberonnait toujours son magnum. Dix minutes avant le départ du train, Berthet se gara sur le côté ouest de la gare, mais pendant la manœuvre, Léon sortit du véhicule et annonça le programme : « On se retrouve au Café de France en bas, je commande six Ricard et j'y vais. » Ledit café trônait en effet insolemment à cent mètres de là. Thomas et Berthet n'en revenaient pas. L'autre dingue allait rater son train parce qu'il avait envie de boire deux Ricard. Il revint aussitôt.

— Ils servent pas d'alcool, c'est *haram*, ils m'ont dit, précisa-t-il, dépité.

Cette interdiction lui valut cependant de pouvoir monter dans le train trente secondes avant le départ en épargnant à ses compagnons la mélancolie des adieux sur les quais de gare.

XIV

Par moments, Thomas se voyait parfois en garde du corps, en nounou, en grand frère, malgré les années qui le séparaient de Robert. D'autres fois, il se sentait comme un élève, voire un simple témoin dont la présence pelliculaire, pas très éloignée de l'absence, ne requérait pas de qualités particulières. Sa réquisition pour un dîner chez un gros client, achetant quatre ou cinq mille euros de bourgogne chaque année, appartenait à la première catégorie. Berthet était stressé par cette soirée dans un milieu dont il était issu et dont il avait réussi à s'enfuir.

— Tu vas me surveiller, tu m'empêcheras de trop picoler, tu répondras à ma place aux questions les plus débiles, précisa le patron.

— T'inquiète, j'assurerai. Je connais la méthode pour garder la tête claire, tu me l'as apprise : après chaque verre de vin, un verre d'eau à siroter lentement.

Le dîner avait lieu dans l'un de ces vieux hôtels particuliers dissimulés derrière de hautes et anodines façades encadrant un portail, tout aussi vaste et anonyme, ne laissant rien présager du faste qu'elles renfermaient. Il était presque vingt heures quarante-cinq quand quatre chiffres et une lettre tapés sur le digicode actionnèrent le portail en permettant à Thomas et Robert de traverser la grande cour pavée qui donnait accès à une salle de réception au rez-de-chaussée. Le maître et la maîtresse de maison les accueillirent comme de vieux amis. La cinquantaine sportive, Philippe Brossard avait fait fructifier la fortune familiale grâce à ses agences immobilières. Sa femme, Marie-Claude, au visage triangulaire mutin ceint de courts cheveux blonds, se chargea des présentations. Il y avait un avocat, un concessionnaire BMW, un marchand de biens, un professeur de médecine et leurs épouses respectives. Thomas eut du mal à mémoriser noms et prénoms – Pierre, Roselyne, Brice, Isabelle, un autre Philippe, Laurence... – et les fonctions. Il nota juste que le concessionnaire ressemblait à Alain Juppé et la femme du prof de médecine avec ses paupières lourdes à Charlotte Rampling. Ne manquaient à l'appel qu'un nommé Fallet et son « amie ». Les sourires entendus et les allusions à ce « cher Charles » ou « Charlie » laissaient supposer une personnalité haute en couleur.

Quelques minutes plus tard, une sonnerie retentit dans la salle. Brossard se dirigea vers l'interphone et ouvrit le portail car Fallet n'avait pas noté le code. Un petit homme rondouillard aux joues légèrement couperosées déboula avec une jeune femme à la blondeur hollywoodienne qui ne devait pas avoir plus de trente ans.

— Ils ont commencé sans nous les brigands ! hurla-t-il en feignant la colère. Vous avez bien fait, j'ai trouvé une place dans la rue, mais j'ai dû manœuvrer cinq minutes pour garer l'Aston. Vous n'avez pas entendu le concert de klaxons ? Les crevards derrière s'impatientaient !

Le nouveau venu salua les invités en distribuant tapes viriles pour les hommes, bises bruyantes et étreintes pour ces dames, tout en lançant furtivement le prénom de son amie : Jessica. Devant Berthet, Fallet se fit plus familier encore.

— Alors, toujours dans le pinard, vieille branche ?

— Et toi, toujours en train de construire tes merdes dans la ville ?

— Et c'est qui ce jeune homme ? Ton giton ? T'as viré pédé ?

— Ne sois pas agressif parce que tu es jaloux de son physique. Thomas travaille avec Robert, coupa Marie-Claude Brossard en souriant.

Rougissant, Thomas serra la main de Fallet en se disant « Quel gros con », pensée qui n'échappa pas à son récipiendaire. Celui-ci aimait passer précisément pour beaucoup plus con qu'il ne l'était en réalité. La plupart des gens se paraient de vertus imaginaires, lui se rabaissait. Promoteur immobilier, il avait profité de l'essor urbain et périurbain des années 1980 et 1990 pour faire fortune en saccageant la ville et ses environs. Par là même, il contribua à la bonne santé financière d'élus locaux via de gras pots-de-vin.

Juchée sur des talons qui lui faisaient atteindre un mètre soixante-quinze, Jessica attirait les regards de l'assemblée qui la découvrait. Son teint hâlé, son rouge à lèvres carmin, son étole rose jetée sur une robe jaune courte et sans manches lui donnaient un air de bonbon. Un décolleté offrant la vision de seins à la limite de l'arrogance et que l'on devinait naturels parachevait le côté confiserie de la créature. Des pensées plus ou moins avouables circulaient dans les cerveaux masculins derrière des sourires de convenance. Les femmes, elles, retenaient leurs griffes.

Du Dom Pérignon arrosait généreusement les coupes. Ce champagne était un véritable marqueur social, une quintessence du luxe, mais Thomas avait lu qu'on en produisait plusieurs millions de bouteilles par millésime, une estimation car le chiffre était tenu secret. Du luxe à l'échelle industrielle, comme toutes ces marques clinquantes de vêtements ou de maroquinerie, aux sigles reconnaissables entre mille, qui se vendaient en masse aux plus riches tandis que des copies inondaient le marché parallèle.

La maîtresse de maison sonna la fin de l'apéritif et entraîna les invités vers le large escalier en marbre débouchant sur ce que l'on nomme une salle à manger : ici une pièce de plus de cent mètres carrés. Sur la table, cristal, porcelaine et fleurs étaient convoqués. Aux murs, des toiles contemporaines – de celles qui font dire aux béotiens qu'eux-mêmes ou leurs enfants pourraient les réaliser – s'affirmaient aussi majestueuses qu'intimidantes. Des sculptures, silhouettes filiformes copiant Giacometti, et de grosses statues noires, aux courbes féminines faisant passer les modèles de Botero pour des mannequins anorexiques, meublaient l'espace. Le contraste faisait son effet.

Des amuse-bouches puis des plats confectionnés par un traiteur à domicile qui s'affairait en cuisine arrivèrent dans les assiettes. Fatima, la bonne de la maison, et sa fille Yasmina assuraient le service.

— Fatima fait le ramadan, mais elle est très bien. Elle est chez nous depuis… au moins huit ans, précisa Marie-Claude à ses invités. Et sa fille, qui fait parfois des extras avec sa mère, est en droit…

— Oui, elles sont très bien, confirma son mari. C'est rare aujourd'hui.

Philippe Brossard se leva et amena triomphant trois bouteilles de bourgogne blanc en annonçant : « Et voilà des vins de notre ami Robert ! »

Berthet fit une mimique censée être une marque de modestie. Après quelques verres, les conversations crépitèrent plus librement. Il y avait trop d'impôts et de charges en France, trop d'assistés, de « branleurs » dixit Fallet, et surtout trop d'étrangers. La France allait mal, mais elle irait encore pire si les « socialos » arrivaient au pouvoir. Le sort de Dominique Strauss-Kahn, pris quatre mois auparavant dans l'affaire du Sofitel de New York et qui alimentait toujours l'actualité, suscita des rires gras. Les épouses faisaient quelques apartés, parlaient littérature, comparaient les mérites des derniers best-sellers. La femme de l'avocat, qui descendait trop vite des verres du bordeaux accompagnant le suprême de volaille aux morilles, voulut élever les débats en invoquant un auteur plus littéraire.

— Moi, je viens de lire le roman de... Vous savez, celui qui ressemble à Droopy et qui fume tout le temps, on ne parle que de lui...

Sa tentative fut balayée par le nouveau sujet de discussion : les études des enfants. Ces gens trouvant qu'il y avait trop d'étrangers en France ne rêvaient cependant pour leurs propres progénitures que de destins d'immigrés, certes à Londres ou aux États-Unis, là où selon eux leur avenir professionnel s'écrirait plus lucrativement que dans l'étroit Hexagone.

Jessica était bannie de ces échanges. Celle-ci représentait aux yeux des autres femmes présentes, épouses depuis vingt-cinq ou trente ans, l'une de leurs plus grandes peurs : la bimbo qui pouvait menacer leur mariage comme elle avait fait exploser celui de Fallet. Elle charriait dans son sillage la perspective cauchemardesque de combats entre avocats, la fin de dîners, de week-ends, de vacances partagés, la fin de tout un savant enchevêtrement d'habitudes et de relations rémunératrices. À côté de cette menace, la possibilité que leurs enfants ramènent à la maison une petite amie ou un petit ami noir, arabe ou juste d'un rang social inférieur, était considérée comme un moindre mal. La pin-up avait beau exhiber les signes vestimentaires exigés dans pareil milieu, elle ne venait pas de leur monde et n'y appartiendrait jamais. Seul le sésame nommé Fallet lui valait le privilège de partager la table de familles qui se connaissaient parfois depuis plusieurs générations. On disait « Les Dubancher... », « La fille Brossard... », « Le neveu Thiers... ». Le patronyme, d'un lustre ancien ou plus récent, claquait comme un drapeau au vent. L'aristocratie existait toujours. Enfin, une nouvelle aristocratie. Plus besoin de particules ou d'ancêtres morts sur le champ de bataille pour en faire partie. Le capitalisme avait arasé les vieilles noblesses afin de laisser place au seul argent et au prestige qu'il conférait. On avait guillotiné un roi – et beaucoup d'autres que lui – pour donner les clés du camion aux parvenus, à la bourgeoisie. Thomas, qui avait lu Marx et vu *Le Guépard* de Visconti d'après Lampedusa, savait tout cela.

Il s'ennuyait, échangeait quelques propos de convenance avec Jessica placée à sa gauche, observait Berthet qui commençait à « allumer la chaudière », selon cette expression prisée au Clup qui servait à désigner le moment où l'ivresse pointe son nez. Jusque-là, son patron avait essentiellement parlé à Juppé, le vendeur de bagnoles. Ils n'avaient pas les mêmes goûts en automobile, mais les échanges demeuraient courtois. Fallet, qui jetait des coups d'œil de surveillance sur Jessica, s'immisçait et glissait quelques insolences du type : « Pinardier, t'y entends rien en voitures ! » ou « Berthet, t'es meilleur à porter des caisses qu'à en conduire une ! ».

— Ta gueule, connard...

La réponse marmonnée de Robert passa inaperçue. Pas de Thomas qui entendit aussi la suite lâchée un ton plus bas, presque comme une confidence : « Je vais t'emplâtrer... » Rappelé à sa mission première qui était de protéger son patron de tout débordement, Thomas se laissa toutefois happer par le spectacle de ces femmes mariées quinquagénaires auxquelles il avait mentalement donné des surnoms : Madame Bovary, Rampling, Paula Abdul, « femme trophée ». Elles retardaient le vieillissement avec des résultats évidents. Collagène, silicone, liftings, sport, soins, bronzage, vitamines portaient leurs fruits. Toutes avaient réussi à conserver une allure filiforme. Les riches voulaient ne pas prendre de poids, les pauvres voulaient manger. Les choses étaient mal faites. En revanche, la jeunesse, ou son apparence, était la chose la mieux partagée. Ces dernières années, Thomas s'était rendu compte que les âges disparaissaient.

On avait de plus en plus de mal à distinguer dans les rues les femmes de cinquante ans de leurs filles de vingt-cinq. Il se surprenait parfois à suivre du regard des silhouettes féminines avant de découvrir qu'elles avaient l'âge de sa propre mère... *Le Blé en herbe, Le Lauréat, Un été 42* : le fantasme de la femme mûre déniaisant le jeune homme n'était pas nouveau, mais il prenait un tour plus banal, plus accessible. Le terme de « cougar » désignait ainsi ces quadras ou quinquas prédatrices, avides de chair fraîche. Le soufre en moins puisqu'elles ressemblaient désormais à leurs filles. Du côté des hommes, on peinait aussi à différencier les pères des fils, les grands-pères à poussettes des pères à poussettes. Beaucoup de mâles s'étaient mis à porter la barbe. Un barbu de vingt ans en paraissait trente, les adultes s'habillaient de la même façon que les ados, enfourchaient les mêmes vélos (la trottinette avait quasiment disparu), les tatouages faisaient rage, les lunettes noires masquaient les regards – même les jours de pluie ou à la nuit tombée. On cultivait des singularités tellement partagées que tout le monde finissait par se fondre dans un seul moule. À y réfléchir, c'était un peu inquiétant, mais bon, on ne pouvait rien faire contre ces commandements venus de partout. *Think different* : à quelle marque avait appartenu ce slogan publicitaire, songea Thomas ? Pepsi ? Coca ? Apple ? Il ne se souvenait plus. À force de *think different* ensemble, le monde s'uniformisait.

Thomas sortit de ses pensées. Les desserts étaient arrivés. Chez les dames, on parlait de boutiques et de restaurants à la mode : « Je ne vais plus chez Marité... Les nouvelles employées sont trop vulgaires... », « Leur salade César est très bien et tout est bio... », « C'est un jeune créateur qui vient de Paris... ». Chez les hommes, les fronts luisaient, les yeux se faisaient brillants, les regards sur Jessica plus appuyés. Robert était entrepris par Paula Abdul, la femme de Juppé, qui trouvait le vin « sensuel » et lui lança un « Vous en parlez très bien... ». Du coup, il partit dans un trop long développement sur les vins de Bourgogne qu'interrompit Fallet.

— Arrête Berthet, tu ne sais pas de quoi tu parles ! Il y a dix ans, tu vendais du bordeaux comme tout le monde. Fais pas le mariole...

Au grand soulagement de Thomas, son patron se contenta d'adresser à son interlocutrice un haussement de sourcils signifiant qu'il se situait bien au-dessus de ces provocations infantiles et qu'ils pouvaient revenir à leur conversation. Brossard sortit les cigares. La cigarette était ringarde. Jessica avait été la seule à céder à ce péché en demandant un cendrier avant les fromages sous des regards désolés.

Quelques jours plus tôt, Thomas avait vu à la télévision *Vincent, François, Paul et les autres...* de Claude Sautet. Dans ce film, les types, et aussi les femmes, fumaient partout, tout le temps, en téléphonant, en mangeant, en jardinant, au saut du lit. À cette époque, au début des années 1970, les gens ne s'en faisaient pas. Ils n'avaient pas peur. Depuis, la peur avait fait son œuvre. On avait peur de vieillir, de fumer, de manger, de boire, de faire l'amour, de conduire, de prendre l'avion, de s'endormir sans avoir branché son alarme. Bref, on avait peur de vivre, mais l'on voulait vivre le plus longtemps possible sous cette peur.

Des heures heureuses

C'était l'heure des digestifs. Mme Brossard et Rampling se chargèrent du service car Fatima et sa fille avaient obtenu à 23 h 30 leur bon de sortie. On passa dans un salon où une table basse était entourée par quatre canapés en cuir. Armagnac, cognac, chartreuse, eaux-de-vie : il y en avait pour tous les goûts. Berthet annonça qu'il resterait sur le vin et alla récupérer en cuisine une bouteille de bourgogne blanc. Jessica demanda si elle pouvait avoir de la vodka, éventuellement parfumée au citron, mais sa requête n'obtint aucune réponse et Thomas lui servit un verre de vin blanc. Dans la fumée des cigares, la conversation était repartie sur la politique, enfin sur l'islam, c'est-à-dire sur les « bougnouls » et les « melons » selon les termes de Fallet rejoint dans ses positions, l'alcool aidant, par Juppé et l'avocat.

— Ils vont nous passer sur le ventre ces enfoirés. Faudrait mettre tout ça dehors ! Et en premier les barbus et les connasses voilées. Puis toutes les racailles de banlieue, on respirerait mieux !

L'avocat embraya sur l'insécurité en citant de récents faits divers, Juppé annonça solennellement « La France, tu l'aimes ou tu la quittes » tandis que Paula Abdul déclara que Marine Le Pen était la seule à ne pas être dans le « politiquement correct ». Encouragé par ces soutiens, Fallet s'enthousiasma.

— Bien sûr ! Les musulmans veulent nous réduire en esclavage. Maintenant, c'est eux ou nous ! On n'en veut plus des bougnouls et des boukaks ! On est chez nous, merde !

Thomas se taisait et n'osait interrompre la diatribe du petit homme, précaution que n'appliqua pas son patron.

— Comment tu fais pour dire autant de conneries, tu as une dérogation ? T'es vraiment qu'une sous-merde Fallet..., lança Berthet dans une moue dégoûtée.

« Pédé, petit pédé, je t'encule ! », « Gros porc, je vais te crever... », « Viens là, petit pédé ! » précédèrent une brève empoignade entre les deux hommes. Fallet reçut une gifle, s'agrippa à la chemise de son adversaire qu'il déchira par le col. Juppé et Thomas, en essayant de séparer les belligérants, firent tomber deux verres et un vase de la table basse. Paula Abdul, Jessica et la femme du professeur de médecine poussèrent de petits cris d'effroi tandis que Thomas, en s'interposant, encaissa un involontaire et violent coup de coude de son patron qui le fit vaciller. Fallet tenta d'en profiter en se ruant vers Berthet qui esquiva la charge et adressa un croche-patte à l'assaillant. Celui-ci s'écroula deux mètres plus loin en provoquant l'hilarité de Marie-Claude Brossard.

— Ça suffit maintenant, je vous demande de vous arrêter ! tonna Philippe Brossard de sa voix la plus forte, masquant la panique qui le gagnait et reprenant les mots qu'Edouard Balladur adressa à ses militants le soir du premier tour de l'élection présidentielle de 1995 quand ceux-ci sifflèrent le nom de Jacques Chirac.

— Oui, ça suffit. On se barre... Vous êtes vraiment trop cons. Viens Thomas...

Juppé et Brossard relevaient Fallet qui avait hérité d'une bosse sur le front et prenait l'assistance à témoin.

— Non, mais vous avez vu, un vrai malade ce type-là ! Un psychopathe !

Dans la rue, Berthet contempla sa chemise, « Putain, il m'a flingué une APC ce gros con... », et s'excusa.

— Désolé pour le coup de coude de tout à l'heure et merci d'être intervenu, j'allais le tuer sinon...

— C'est moi qui suis désolé, j'ai l'impression de ne pas avoir vraiment rempli ma mission.

— T'inquiète. L'abruti m'a chauffé toute la soirée, il n'a eu que ce qu'il méritait, conclut-il avant de revenir quelques pas en arrière.

Une Aston Martin était garée à vingt mètres de chez les Brossard. Peu de marge d'erreur. Elle était sans aucun doute celle de Fallet. D'un coup de pied, Berthet arracha le rétroviseur gauche. D'un autre, le droit.

— Ça c'est fait...

Il reprit son chemin vers la place Saint-Étienne, fit un écart pour éviter une crotte de chien sur le trottoir, se mit à l'arrêt et observa la copieuse déjection canine.

— J'ai une idée...

Berthet se mit à fouiller autour des poubelles sorties dans la rue et jeta son dévolu sur des cartons pliés dont s'était débarrassée une boutique de vêtements. Il coupa deux morceaux de carton assez épais avec lesquels il souleva la crotte à la fois fraîche et ferme.

— C'est quoi ton idée au fait ? Où tu vas avec ça ?

En moins d'une minute, en s'y reprenant à plusieurs fois mais avec minutie, Berthet garnit l'intérieur de la poignée de la portière de l'Aston Martin côté conducteur avec les excréments. Il prit d'autres morceaux de carton pour effacer des traces douteuses ayant coulé sur la portière.

— Là, je crois que c'est pas mal… Tu imagines la gueule de l'autre imbécile tout à l'heure en train d'enfoncer ses doigts boudinés dans la merde de chien ? Trop bon ! Ah, la poilade !

Le rire de Berthet résonna dans la rue Croix-Baragnon pendant que le vent s'engouffrait dans sa chemise déchirée en la gonflant et en lui donnant un air de bossu. Thomas le suivait, un sourire aux lèvres. Tout cela n'était vraiment pas sérieux, mais distillait une légèreté aux vertus euphorisantes. Rien de grave ne pouvait arriver à ces vieux enfants.

XV

Il était dix heures trente et Thomas s'apprêtait à déposer au restaurant Solides trois échantillons à goûter quand Berthet l'appela.

— Je t'invite à déjeuner chez Garcia. Histoire de solder le dîner de cons d'hier soir. On se retrouve au PB à treize heures, OK ?

C'est avec un quart d'heure de retard qu'il fit son entrée dans la cave restaurant. Thomas l'attendait en compagnie d'un verre de blanc d'Auvergne offert par Garcia.

— Putain, quel bordel pour se garer ! Si j'étais maire, je foutrais des parkings partout. Et gratuits !

L'irruption de l'automobiliste en colère rendit muettes les deux jeunes femmes déjeunant sur la table d'hôtes à côté de Jojo et du Toubib avec lesquels Berthet claqua des bises chaleureuses en s'exclamant : « Alors, ça va les tafioles ? »

Cette fois, ce furent les deux hommes installés à la table près de la porte, que Thomas avait remarqués en entrant et qu'il avait eu le temps d'observer, qui suspendirent leurs fourchettes ainsi que leur discussion. La cinquantaine entamée, costumes noirs dont l'un avec de fines rayures grises façon Smalto ou Hugo Boss des années 1990, souliers richelieu vernis et brillants, cheveux couleur jais sans doute teints et coiffés en arrière par une belle couche de gel, visages mats grêlés : ils sortaient tout droit des *Soprano* ou des *Affranchis*. Des mafieux, ou bien de vrais comédiens, songea-t-il. La présence d'acteurs façon Actors Studio au P'tit Bouchon, poussant la conscience professionnelle jusqu'à ne pas quitter leur rôle en déjeunant, sembla improbable à Thomas qui en déduisit que la première option devait être la bonne. En fait, il s'agissait d'agents d'assurances venus de la maison mère, à Marseille, dans la ville pour un incendie accidentel ayant ravagé une partie des réserves d'un supermarché de banlieue. Gros enjeu financier pour la société d'assurances, ainsi que Thomas l'apprit en écoutant la conversation.

Après une poignée de main avec Thomas, Berthet prit place.

— Ça va gamin ? T'as livré les quilles chez Solides ? J'espère qu'ils vont me passer une vraie commande cette fois, pas six bouteilles de ça et trois bouteilles de ci... Il est où Garcia ? J'ai faim moi...

Garcia surgit de la cuisine et dut subir avant même d'être salué les récriminations d'usage.

— C'est toujours le bordel pour trouver une place ici ! C'est qui le con qui a planté sa Lancia Thesis juste devant ? La place livraison, c'est ma place ! Je travaille, moi… Et puis cette caisse c'est vraiment la bagnole du blaireau par excellence. Mauvais goût absolu. En plus, elle rame. Sur l'autoroute, quand je vois des gugusses avec cette merde, je m'amuse à les gratter pour leur montrer qui est le patron. Il y a que des pétasses ou des Roumains pour trouver ça classe. Quand t'as pas de bite, tu t'achètes ce genre de tire…

Thomas roulait des yeux devant son patron, le Toubib pouffait dans son coin, mais Berthet ne voyait rien et s'adressait à Garcia qui s'empourprait. La réponse vint du type assis juste derrière et qui se retourna sur sa chaise avec la lenteur que commandait son ventre.

— Eh petit, surveille ta bouche un peu… Là, tu dis des choses que tu vas regretter.

L'accent méridional légèrement traînant, qui pouvait évoquer des origines corses, en aurait intimidé beaucoup. Pas Berthet.

— On est chez nous ici, on dit ce qu'on veut. Désolé si cette tire de beauf est à vous, mais je ne vais pas dire le contraire de ce que je pense. Ça vous dérange ? No problemo, la porte est devant vous…

Berthet, qui s'était retourné à son tour, toisait l'homme en lui indiquant, geste superflu mais qui ne manquait pas d'audace, la porte toute proche.

— Robert doucement, pas d'esclandre, intervint Garcia.

— Non monsieur, laissez faire votre ami. Il commence à m'intéresser. Il nous invite à partir ? Cela peut devenir amusant. Pas vrai Tonio ?

Avec un regard mauvais s'échappant de ses yeux torves qui supportaient de lourdes paupières, ledit Tonio opina du chef en engouffrant une généreuse fourchette de joue de bœuf.

Comme dans un film, enfin plutôt un téléfilm, un agent de la police municipale interrompit l'échange en poussant la porte du P'tit Bouchon et en lançant : « Elle est à quelqu'un la Lancia ? Elle est sur un emplacement livraisons, on va verbaliser. » Un autre policier semblait déjà mettre la menace à exécution en griffonnant sur un carnet.

— Elle est à nous, monsieur l'agent, annonça l'interlocuteur de Berthet en se levant.

— Suivez-moi alors…

L'homme obtempéra suivi de Tonio qui adressa à nouveau un méchant regard à Berthet. Devant le restaurant, le policier municipal, rejoint par son collègue, et les deux agents d'assurances parlementaient. Les Méridionaux exhibaient des cartes et des papiers censés justifier de la clémence.

Le Toubib titilla l'insolent : « Alors, Bobby, t'as failli te faire remettre en place, hein ? Sauvé par la police ! Tu peux leur offrir une bouteille aux bleus ! Ils allaient pas te rater les types ! Des méchants ceux-là et pas d'ici… Les pieds dans le béton, le Bobby ! »

Thomas profita de l'avantage, heureux de renvoyer le matamore dans les cordes.

— Tu vois, avec tes manières, tes grands mots, tes poses arrogantes : tu nous as mis dans la merde. Ces mecs, ce ne sont pas des comiques. Ce sont des

Corses ou des Marseillais. Tu comprends la situation ? C'est le Milieu là. Le Milieu ! Et nous, on est en plein dedans. Alors bravo Robert, bien joué !

— C'est des flics. J'en suis sûr.

— Oui, bien sûr, ce sont des flics. Et ce sont tellement des flics qu'ils se demandent leurs papiers entre eux. Comme ça, pour se marrer. Parce qu'on est vendredi.

Thomas observait le visage de son patron se crisper. Ses coups avaient porté, il savourait. Chose inhabituelle, Berthet semblait troublé. Il demanda à Garcia s'il avait déjà vu les deux énergumènes.

— Non jamais, un a réservé ce matin par téléphone au nom de Martin,

— Ouais, ben désolé inspecteur Derrick, mais ça fait pas trop corse comme nom Martin, objecta Berthet en toisant son employé.

— Tu crois vraiment qu'il s'appelle Martin ? Ce serait pas Durand ou Dupont, des fois ? Tonio Martin, ça sonne bien en effet...

Un nouveau point pour Thomas.

Tonio fit son retour dans le restaurant.

— Je vais vous régler monsieur, dit-il à Garcia. Les condés ne veulent rien entendre, on doit déguerpir et puis il vaut peut-être mieux que l'on dispose avant que les choses dégénèrent...

— Les verres de vin sont pour la maison, annonça le tenancier. Et désolé que vous n'ayez pas pu terminer votre repas...

— Pas grave, on reviendra sans doute, répondit Tonio en se retournant pour jauger Berthet qui se pencha aussitôt sur l'assiette. Il me faudrait une note, poursuivit-il après avoir posé deux billets de cinquante euros à côté de la caisse enregistreuse.

La silhouette massive de Tonio se dirigea vers la porte quand, arrivée au niveau de Berthet, un léger coup de coude frôla l'épaule de celui-ci. Aussitôt, Tonio s'arrêta.

— Excusez-moi, je n'ai pas fait exprès monsieur... Monsieur Berthet, n'est-ce pas ? Robert Berthet ? Bon appétit, monsieur Berthet...

Tonio avait réussi sa sortie. Avant même que lui et son acolyte se soient engouffrés dans la Lancia qui démarra promptement, Garcia, le Toubib, Jojo et Thomas éclatèrent de rire. Même les deux jeunes femmes de la table d'hôtes se mêlèrent aux réjouissances, soulagées de la fin de l'incident.

— Je crois que M. Berthet est passé à deux doigts de la correction ! Il t'a un peu fait flipper le Tonio avec ses pognes comme des battoirs et sa trogne de tueur, non ? Il mouftait plus « Monsieur Berthet » ! s'exclama le Toubib en ricanant.

— Attendez, c'est pas fini. Il a dit qu'ils reviendraient ! D'après moi, c'est une promesse, renchérit Jojo. Et j'ai l'impression que ces types n'ont qu'une parole !

Nouveaux éclats de rires.

— Qu'est-ce qui te fait marrer toi ? lança Berthet à Thomas. Vous croyez que ces zigues m'impressionnent ? Ce sont quand même eux qui ont compris qu'il fallait mettre les voiles...

— Mais oui Bob, tu les as effrayés. Incontestable. Ils ont préféré partir avant que tu les correctionnes. On ne sait même pas ce qui t'a retenu. La peur peut-être ? se gaussa Garcia avant d'annoncer une bonne nouvelle : Allez, c'est ma tournée !

Quelques heures plus tard, Thomas se réveilla dans un lit et une chambre qui n'étaient pas les siens. Sur sa gauche, Robert se tenait debout et braquait vers sa tête un pistolet Browning. Malgré la pénombre, le jeune homme distingua dans la pièce Tony Soprano, assis sur une chaise, et aussitôt il voulut se redresser afin de faire meilleure figure car il avait aimé la série de David Chase, en particulier la composition de James Gandolfini dans le rôle de Tony Soprano. Paulie, l'un des fidèles tueurs du mafieux, chuchotait à l'oreille de son patron qui, curieusement, parlait en français. D'un geste de la main, Tony ordonna à Robert de baisser son arme. Celui-ci devint plus détendu et amical.

— Je crois que je t'ai tiré d'un mauvais pas, dit-il à Thomas en l'aidant à sortir du lit.

Ils suivirent Tony Soprano et Paulie dans un couloir. Les deux hommes évoquaient les notes de Thomas, apparemment celles d'examens de Sciences Po. Un 1,5 sur 20 en économie semblait inquiéter Paulie, mais Tony reprit sa langue originale pour rétorquer son fameux « Shut the fuck up » sur un ton beaucoup plus débonnaire que dans *Les Soprano*. Au bout du couloir, une porte donnait sur une rue que Thomas identifia aussitôt. « Tiens, nous sommes à Nice », songea-t-il – observation d'autant plus remarquable qu'il n'avait jamais mis les pieds dans cette ville. Le soleil brillait, Paulie s'éclipsa en pestant contre le stationnement payant, Tony Soprano avait changé d'apparence, ressemblant désormais à l'un des vieux mafieux des *Affranchis* de Scorsese. Le nouveau Tony lâcha distinctement « Moi, je m'en vais » et Robert tira à deux reprises dans le dos de Thomas en répétant : « Je voulais pas, mais je suis obligé. » Bien que sachant qu'il allait mourir, le jeune homme luttait pour ne pas s'effondrer sur le sol. Sa tenue – un caleçon et un tee-shirt – lui semblait inadaptée à un dernier soupir. C'est à ce moment-là qu'il se réveilla d'un bond sur son lit. Reprenant ses esprits, il ne put s'empêcher d'en vouloir à Robert à cause de ce rêve absurde et du rôle que, bien malgré lui, son patron y avait joué.

XVI

« La fonction fait la vocation. » Thomas ne savait plus où il avait lu ou entendu cela, mais son expérience valida la sentence. Ayant accepté le travail proposé par Berthet sur le mode du « Pourquoi pas ? », il en avait apprécié les différentes facettes et les contingences. Selon un terme galvaudé et flatteur, qu'utilisèrent longtemps les propagandistes du salariat moderne, il *s'épanouissait*. Même ses parents, qui avaient espéré un autre emploi après les longues études de leur fils sans oser lui avouer, se félicitaient de l'enthousiasme que Thomas mettait dans ce curieux métier. Surtout, il avait quelque peu rompu avec une solitude qui lui pesait sans qu'il ne le sache. Grâce à Berthet, il avait rencontré des gens de toutes sortes et trouvé dans la petite compagnie grouillant autour du Clup une humanité chaleureuse qu'il aimait retrouver : Garcia, Jojo, Stéphane, Bernie, le Toubib, Pierrot… En dépit de ses travers, Berthet ne déparait pas dans la troupe. Avant de les connaître, Thomas n'avait que deux ou trois copains hérités des années d'études, pas le genre d'amitié éternelle qui ne peut pas décevoir.

Les deux seules véritables amies de Thomas étaient ses sœurs : Amandine, dix-sept ans, et Mathilde, vingt et un ans. Il les avait regardées grandir avec un amour teinté de fierté. Le frère aîné les trouvait vives, sensibles, intelligentes, cultivées, gracieuses – ce qu'elles étaient par ailleurs. De plus, elles ne partageaient pas le narcissisme, le goût du babillage électronique via le téléphone portable et les réseaux sociaux, la fascination pour le luxe et la célébrité, largement répandus dans leur génération. Amandine adorait la littérature depuis la découverte d'Agatha Christie et d'Alexandre Dumas à douze ans, passion qu'elle comptait perpétuer en khâgne quand Mathilde, férue de musique, notamment de piano qu'elle pratiquait à un très bon niveau, se destinait au métier d'avocat, ce que ses excellents résultats en droit pouvaient laisser raisonnablement augurer. À sa mesure et au fil des ans, Thomas les avait protégées. Des jeux d'enfants dans les parcs ou dans les rues aux sorties plus tardives qu'elles prisèrent ensuite, le grand frère veillait. Avec du mercurochrome, des caresses dans les cheveux ou des baisers, il avait consolé bien des chagrins éphémères, nés de chutes et de contrariétés, dont l'enfance a le privilège. Maintenant, il n'était pas rare qu'il les accompagne à leurs soirées et qu'il aille les chercher autour de minuit afin de les ramener au domicile familial.

Des heures heureuses

Ces dernières années, le climat avait changé dans la ville. À leur âge, Thomas avait connu les dernières heures de l'insouciance nocturne. On pouvait errer dans les rues, après minuit et avec un verre en trop dans le nez, sans risquer une rixe pour une cigarette refusée ou un regard mal interprété. Aux inévitables bagarres d'étudiants ou de fêtards alcoolisés, plutôt bon enfant avec à la clé, et au pire, un échange de vagues mornifles, avaient succédé des tabassages en règle, des viols, des coups de couteau. Le quotidien local faisait ses choux gras de tels faits divers en forçant sur l'épouvante, mais ne les inventait pas. Curieusement, en ces années 2010, le couteau fit un retour en force auprès des jeunes et des moins jeunes. Machettes et haches avaient aussi leurs adeptes. On s'entrelardait pour un rien comme dans les images d'Épinal accolées aux temps anciens, ceux d'avant la République et la civilisation citoyenne. La mairie s'efforçait de contrarier cette mode encouragée notamment par d'autres initiatives municipales. Ainsi, la volonté de réduire la consommation d'électricité dans la ville, en bannissant l'éclairage public de nombreuses rues la nuit et en obligeant des boutiques à faire de même, les avait transformées en véritables coupe-gorges dignes du Moyen Âge, ou du moins du Moyen Âge tel qu'on l'imagine. En outre, le maire désirait que sa ville soit résolument « festive », « jeune », « dynamique », « conviviale », et ses services ne lésinaient pas sur l'organisation de manifestations diurnes ou nocturnes chargées d'alimenter le goût de la fête. « Fête des langues », « Mouv' ta city ! », « Sans frontières », « La nuit est belle » et autres événements participaient, malgré eux, à divers débordements inévitablement liés à la réunion de plusieurs milliers de participants dans des rues ou des places au cœur de la cité. Beuveries, bagarres, nuisances sonores, poubelles renversées ou incendiées, pissotières à ciel ouvert : devant l'ampleur des dégâts, récurrents et toujours plus vastes, la mairie créa une brigade de six « chuteurs », des « médiateurs » rattachés à « l'Office de la tranquillité » chargés d'intervenir en cas de désordre trop intempestif. Dès leurs premières interventions et malgré leurs intentions pacifiques visant à ramener les fêtards à un peu plus de mesure en toute diplomatie, les « chuteurs » furent pris à partie, frappés, échappant parfois au lynchage. Le grand projet du maire – « Que notre ville soit une ville où on fait la fête, qu'elle soit à la fois festive et tranquille » – se heurta finalement au principe de réalité et la police municipale réinvestit la place.

Cependant, les rues la nuit demeuraient dangereuses, en particulier pour des jeunes filles comme Amandine et Mathilde auxquelles leur frère avait interdit la fréquentation de la place Saint-Pierre. Du jeudi soir au samedi soir, ladite place donnant sur la Garonne était investie par plusieurs milliers de personnes, essentiellement des étudiants, résolus à boire vite et beaucoup. Des bars proposaient ainsi des formules avantageuses – du pastis au mètre, cinq bières pour le prix d'une... – tandis qu'une partie du public se rendait sur les lieux avec des sacs à dos remplis de bouteilles savamment composées à base d'alcools forts, de jus de fruits et de boissons énergétiques chargées d'alimenter les libations sans bourse délier. Ces cocktails se révélaient aussi efficaces qu'explosifs, provoquant comas éthyliques, accidents de la circulation, bagarres et règlements de comptes, agressions sexuelles, chutes ou noyades dans le fleuve voisin... Dealers de shit et petits délinquants avaient compris le bénéfice qu'ils pouvaient tirer de ce public, soit par le commerce de stupéfiants soit en détroussant les plus ivres. En moyenne, le bilan humain se chiffrait à un mort par mois et plusieurs blessés. Les décès les plus spectaculaires, notamment par coup de couteau, donnaient lieu à des manifestations et des déclarations solennelles des édiles, puis la routine reprenait le dessus. C'était ainsi. Il fallait vivre, ou mourir, avec son temps. On ne pouvait rien y faire. Surtout pas revenir en arrière. Le progrès avait fait rage. L'injonction à « faire la fête » s'était imposée. Quel grincheux aurait osé s'y opposer ?

Bien que surveillant ses sœurs, Thomas avait pris acte de cette mutation tout en y résistant. Aux ivresses de masse accompagnées de drogues chimiques, il préférait les douces et lentes ivresses du vin, de ces apéros, ces déjeuners ou ces dîners qui s'ouvraient au domaine du possible, à l'illusion de prendre le large, à l'art de l'esquive face aux convocations du réel. Les rendez-vous et les emplois du temps pouvaient, l'espace de quelques heures, céder la place à l'imprévu, à la rêverie, aux envies baroques. Ces libertés possédaient l'avantage d'être abordables. Elles n'attendaient que cela : « Pourquoi pas ? », « Andiamo ! », « Fais péter les bulles ! » et tout autre appel à la calme insoumission propre aux buveurs de vin.

Au Clup aussi, l'alcool désinhibait, mais il ouvrait la voie à la confidence plutôt qu'aux cris, à la chanson plutôt qu'à la sono assourdissante, à la joute verbale plutôt qu'à la violence physique, à la poésie et à la philosophie – fussent-elles de comptoir. Il fallait ainsi écouter Jojo invoquer son père et ses grands-pères, engagés dans la Résistance pendant les années terribles, pour se sentir à travers lui héritier d'une grande Histoire. À vingt et un ans, le père de Joseph rejoignit les rangs de l'Armée secrète où officiait déjà son propre père. Ils combattirent dans les maquis du Limousin face à la Wehrmacht et de féroces divisions SS. Son autre grand-père était « boîte aux lettres » pour la Résistance à Lyon. Le simple fait de réceptionner et de transmettre des messages pouvait valoir la mort et, avant cela, la torture. Il subit cette dernière après avoir été dénoncé et fit partie du dernier train pour Buchenwald qui, heureusement pour lui, n'arriva pas à destination.

— On ne fait plus des hommes de cette trempe, je vous le dis. Et puis, après la guerre, ils ne posaient pas en héros, disait Jojo. Ils te racontaient ce qu'ils avaient fait comme une évidence, comme s'ils n'avaient pas eu le choix... Quand je demandais à Papy Marcel pourquoi il était parti dans le maquis à près de cinquante ans, abandonnant sa femme et ses plus jeunes enfants, il me répondait : « On n'allait pas laisser les Boches dicter leur loi ! » Ils ont fait le job, comme on dit aujourd'hui, ne s'en sont pas vantés, ne se sont jamais plaints. Pas besoin de cellule de soutien psychologique ou de faire résilience à l'époque, s'esclaffait-il. Des hommes, c'est tout...

Avec ces récits, Thomas songeait à *L'Armée des ombres*, le beau film glaçant de Melville qu'il avait vu plusieurs fois sans se lasser, à des romans de Jacques Perret ou Roger Vailland, à l'histoire de « La Nueve » commandée par le capitaine Raymond Dronne, à ces jeunes juifs originaires d'Arménie, de Pologne et d'ailleurs qui prirent les armes contre l'occupant avec l'inconscience et la bravoure de leur jeunesse... Il se souvenait aussi d'avoir vu à la télévision une série de documentaires sur des anciens de la France Libre dont le générique de fin était *Le Chant des partisans* chanté a cappella par Johnny. Cette chanson lui donnait des frissons chaque fois qu'il l'entendait. Des vers comme « *Ami, si tu tombes, un ami sort de l'ombre à ta place* » ou « *Ce soir l'ennemi connaîtra le prix du sang et des larmes* » s'étaient fichés dans sa mémoire. Cette époque était loin, il la regardait avec un effroi mêlé d'envie.

Bien sûr, il goûtait la paix et le confort que son temps et sa situation lui offraient. On ne pouvait raisonnablement regretter les tragédies du passé, il ne fallait pas bouder la douceur des choses. Notamment quand elle prenait le visage d'une jeune femme blonde mutine.

— Vous ne me reconnaissez pas…, annonça celle-ci en se dressant devant Thomas, assis à une terrasse de la place de la Trinité, le nez plongé dans la lecture de *L'Équipe*.

Ce n'était pas une question, mais un constat légèrement moqueur. Thomas leva la tête :

— Mais si, je vous reconnais bien sûr…

Le mensonge devait lui laisser le temps d'identifier l'apparition.

— Nous nous sommes vus aux Vendanges Tardives en juin, un soir au milieu d'une foule de gens ivres. Je vous avais pris en photo, vous aviez l'air un peu mélancolique…

— Je m'en souviens très bien, répondit Thomas qui ne mentait plus, je n'étais pas mélancolique et vous avez déguerpi alors que j'étais allé chercher un nectar divin que vous n'aurez sans doute plus jamais l'occasion de goûter…

— C'est un peu présomptueux comme assertion, non ?

— Non, hélas, les vins d'Éric Callcut sont plus que rares. Ils relèvent de l'archéologie. Il faut fouiller très profond dans les caves les plus affûtées pour en débusquer les dernières bouteilles.

« Assertion » : qui, de nos jours, utilisait ce mot sans que cela ne soit ridicule ou pédant ? se demanda Thomas. Il l'invita à s'asseoir, elle commanda une grenadine sans glace et ils parlèrent comme de vieux amis. La revenante se prénommait Zoé, « en hommage à *Franny & Zooey* de Salinger, mes parents ont francisé... »

— Vous avez lu Salinger ?

Oui, il l'avait lu, enchaîna sur Fitzgerald, les films de Cameron Crowe et de Wes Anderson, cinéastes qui lui semblaient les plus fidèles héritiers de ces deux écrivains. Elle opina et argumenta. Les références se succédaient, non à la façon d'une épreuve de culture générale, mais à la faveur du ravissement étonné de deux personnes qui s'échangeaient des mots de passe témoignant d'une communion invisible et essentielle. Vue de l'extérieur, leur conversation devait ressembler à un concours de name-dropping. Un chanteur brésilien que Thomas croyait être le seul à écouter en 2011 n'avait pas de secrets pour elle. Ensuite, ils passèrent à des citations tirées de films ou de livres : « Je suis seul, pas solitaire », « Un jour, nous prendrons des trains qui partent », « L'enfance est une éternité brève », « Sortir, c'est se souvenir ». L'un finissait les phrases de l'autre. Elle souriait, ses pupilles brillaient, son visage devenait solaire. Autour d'eux, sur la terrasse du café, les autres clients étaient partis. Cela ressemblait à un plateau de cinéma que les techniciens auraient déserté afin de laisser les deux comédiens répéter leur texte à l'abri des regards. Un serveur nettoyait les tables, parfait second rôle. Le silence s'invita. Thomas et Zoé se sentaient gênés de s'être autant dévoilés dans ce jeu apparemment anodin de goûts et de couleurs. Deux heures étaient passées, la fraîcheur avait envahi la terrasse, le jour tombait.

— Jeune homme, l'heure file, je dois rentrer.

— Moi aussi... On se revoit quand ? dit-il, aussitôt effarouché par son audace.

— Bientôt, c'est sûr, répondit-elle en souriant.

Ils s'échangèrent leurs numéros de portable tels des agents secrets craignant d'être observés, s'embrassèrent timidement sur les joues. Il la regarda partir vers la rue de la Trinité. Son pas était léger et elle ne se retourna pas. Enfin si, juste avant de disparaître. Thomas eut l'impression que Zoé lui avait envoyé un discret baiser, mais il faisait trop sombre pour en être sûr.

XVII

L'euphorie dans laquelle la véritable rencontre de Zoé avait plongé Thomas lui conféra une nouvelle énergie bénéfique à son travail. Il se sentait capable de soulever des montagnes, mais à défaut, se contentait de soulever des cartons de bouteilles, de décharger des arrivages, de livrer des restaurants, avec une bonne humeur rare à l'exécution de ces tâches. Il savait qu'il reverrait bientôt cette jeune femme dont il n'avait soupçonné jusque-là l'existence parmi ses contemporains. Leurs références et leurs goûts communs ne pesaient finalement guère au regard des qualités ou des dons qu'il avait discernés chez elle : le naturel, l'absence de préjugés, une élégance sans ostentation ni effort, une pudeur très érotique dans ce monde où l'exhibition et le voyeurisme avaient annihilé la part de mystère du désir. Ils se reverraient, évidemment. Cependant, Thomas préférait retarder un peu ce moment pour savourer les promesses que suscitait l'attente. L'imagination, le rêve, les hypothèses participaient à son bonheur. Un délai de quelques jours avant de l'appeler, et en supposant qu'elle se montre également patiente de son côté, décuplerait le plaisir des retrouvailles. Des images de Zoé l'accompagnaient dans ses journées : la façon dont elle pinçait la paille du verre de grenadine entre ses lèvres, son rire et la main droite qui venait se poser devant ses dents blanches, les pupilles qui semblaient se dilater quand elle réfléchissait, sa silhouette de dos, son pas rapide et les petites mèches s'échappant de son chignon... Thomas ne le savait pas encore, mais il était amoureux. Lorsqu'il croyait l'oublier, il pensait encore à elle. Zoé était à ses côtés, au-dessus de lui, dans chacun de ses gestes et de ses mots, passagère clandestine et présence invisible que seuls quelques esprits fins ou âmes sensibles auraient pu discerner.

Ayant accompli tout ce qu'il devait faire pour les jours à venir, il se tourna vers des travaux subalternes comme celui de mettre de l'ordre dans le capharnaüm régnant dans la cave de Berthet, de débarrasser l'endroit des divers détritus qui s'étaient accumulés depuis des années : bouteilles vides, cartons écrasés, verres brisés, vieux papiers moisissant, cageots pourris... En remplissant des sacs-poubelles de cent litres sans se plier aux exigences du tri sélectif, Thomas tomba sur des exemplaires de revues masculines d'autrefois comme *Interview* ou *Max* dont les unes laissaient deviner, sous la poussière et l'humidité qui les avaient corrompues, des bimbos tombées dans l'oubli. Il trouva aussi un téléphone Ericsson ayant eu son heure de gloire à la fin des années 1990, un jean en état de décomposition, des rats desséchés, un guide Michelin, un fax, un stock de quarante-cinq tours... Plus rien ne l'étonnait. Cinq sacs étaient déjà pleins quand il repéra une valise dissimulée sous des casiers de bordeaux. Thomas se prit un instant à imaginer qu'après tant de déchets sans intérêt, il allait enfin mettre la main sur quelque chose à sauver, peut-être un trésor : des lingots, des armes de collection, des livres rares protégés des outrages du temps et du lieu, n'importe quoi qui aurait un peu de valeur et qui lui vaudrait reconnaissance. La valise pesait une tonne. C'était prometteur. Le chasseur de trésors l'ouvrit avec autant de précaution que d'anxiété. À ce stade, il n'eût pas été surpris de découvrir un obus de la Première Guerre mondiale. Ce fut pire. Des cailloux, des pierres, des pavés, des gravats. Thomas avait beau les retourner dans tous les sens en espérant trouver un objet caché, il n'y avait rien d'autre. Certains étaient protégés par de la cellophane ou du papier bulle. C'était consternant. Quel esprit malade avait pu mettre ces trucs dans une valise ? Berthet ? Sa mère ? Un farceur ? Les gravats finirent avec leur valise dans deux autres sacs. Thomas était exténué, mais soulagé des efforts accomplis.

Berthet était impressionné par le volume de travail qu'avait déployé son employé depuis quelques jours. Il avait beau chercher la petite bête – « Tu as appelé Lagarde ? », « Frankiki a envoyé la facture ? », « Aziz

a payé ? » –, les réponses affirmatives claquaient comme un retour de service de Djokovic.
— Tu as aussi nettoyé la cave ? Bravo l'artiste... Mais bon, il n'y avait pas grand-chose à jeter...
Thomas rafraîchit la mémoire de son employeur qui avait oublié la masse et la variété d'immondices stockées par ses soins dans l'endroit.
— Ouais, je n'aime pas jeter, j'ai l'impression que c'est un peu de moi-même que je mets à la poubelle...
— De là à garder des gravats et des pavés... Tu comptais faire la révolution et les jeter sur les CRS ?
— Qu'est-ce que tu racontes ? Des gravats ? Quels gravats ?
— Dans une valise, certains étaient même sous cellophane. Tu avais peur qu'ils s'abîment ?
— Oh putain, j'avais oublié... Où tu les as mis ?
— D'après toi ? Dans la rue avec les autres sacs. Je te rassure, le service des encombrants est passé...
Berthet trépigna, agita les bras, injuria son employé. Sidéré par la tempête provoquée, Thomas resta muet avant d'oser balbutier : « Mais qu'est-ce qu'il y a ? C'était quoi ces cailloux ? »
Il s'agissait de morceaux du mur de Berlin que Berthet avait récupérés de ses propres mains à l'époque, quand il commença à être détruit par des foules d'Allemands de l'Ouest et de l'Est enivrés par la réunification à venir. Au-delà de leur valeur marchande, Berthet accordait surtout à ses reliques une charge sentimentale aussi forte que douloureuse. C'est avec sa petite amie d'alors, Valérie, qu'il s'était

rendu à Berlin en conduisant jour et nuit pour assister à ce moment historique. Elle avait été l'un de ses grands amours, pas le plus satisfaisant mais le premier, et elle le quitta peu après pour un Berlinois rencontré pendant ces heures de liesse. Comme les lettres que lui avait écrites Valérie ou les cadeaux qu'elle lui avait offerts, Berthet avait conservé ces traces de leur amour sans jamais plus les toucher. Cependant, savoir que les lettres reposaient au fond d'un tiroir, que des vêtements dormaient dans un sac ou que les pierres de Berlin – le dernier endroit et les derniers jours où ils furent heureux – demeuraient dans sa cave constituait une sorte d'assurance, des pièces à conviction. Ces objets prouvaient à leur façon, dérisoire et irremplaçable, que leur amour avait existé. Imaginer les morceaux du mur perdus dans une décharge publique bouleversa Berthet. Ce n'est que lorsqu'il sanglota que Thomas, avant même de connaître les raisons de l'attachement particulier de son patron à ces reliques berlinoises, saisit l'ampleur de la profanation accomplie.

Il s'excusa piteusement puis s'éclipsa en silence car rien ne pouvait apaiser la peine de l'homme ayant le sentiment que Valérie l'avait quitté une seconde fois.

Rentré chez lui, Thomas ne put rien avaler sinon un chinon de Lenoir en essayant d'écrire un mail à Berthet. Incontestablement, il avait fait une connerie, LA connerie. Son patron vouait une dévotion fanatique à ces morceaux de mur de Berlin et il les avait traités comme de banals cailloux. Déjà ivre,

Des heures heureuses

Thomas ouvrit ensuite un vin d'Ardèche de Jérôme Jouret dont il but deux verres avant de s'endormir sur le canapé de son salon. À son réveil, peu après huit heures du matin, il vit que Berthet avait laissé un message sur son portable quelques minutes auparavant. Thomas s'attendait à être viré. Il prit une douche et but deux cafés avant d'affronter le verdict. « Écoute, je suis désolé pour hier, je me suis emporté... L'émotion, tu sais... L'émotion... Oublions tout cela. On se retrouve au P'tit Bouchon pour déjeuner. À toute », disait Berthet d'une voix apaisée que Thomas ne lui connaissait pas.

— Finalement, c'est peut-être aussi bien comme ça..., conclut Berthet, en attaquant ses crépinettes de pied de porc, après avoir expliqué à Thomas la valeur sentimentale des morceaux du mur. Il ne croyait pas un mot de ce qu'il disait, mais il tentait d'effacer l'aveu de faiblesse de la veille.

— N'en parlons plus, poursuivit-il. Des choses plus importantes nous attendent. Cela fait trop longtemps que je ne suis pas allé à Paris pour faire le tour des restaurants avec lesquels je travaille. Le téléphone et le mail, c'est bien gentil, mais rien ne remplace le contact humain. Il faut qu'on y aille deux ou trois jours, on fera goûter des échantillons, tu mettras des visages sur des noms. Et puis, tant qu'on y est, on pourrait pousser jusqu'en Bretagne. Philou du Surcouf à Rennes me tanne depuis des semaines et le Ribouldingue à Saint-Brieuc vaut le détour.

Des heures heureuses

L'escapade ne pouvait se refuser. D'autant que la mansuétude de Berthet à l'égard de la faute de Thomas ne poussait celui-ci à de quelconques résistances. Les dates du voyage ayant été fixées et le départ ayant lieu quinze jours plus tard, Thomas se décida à appeler Zoé afin de lui proposer un dîner au restaurant.

Ce fut au Casanou, spécialisé dans les poissons, au cadre apaisant et propice à un tête-à-tête qu'il était prématuré de considérer comme amoureux sauf du point de vue de Thomas. Avant, il avait donné rendez-vous à Zoé aux Vendanges Tardives pour déguster une bouteille de Substance de Selosse, un champagne et l'un des vins préférés de Thomas, bien qu'il ne l'eût goûté qu'à trois reprises. Substance suggérait des mots, mais on ne savait pas lesquels. On pouvait dire « stratosphérique », « profond » ou « métaphysique », cependant on n'avait encore rien dit de ses vertus ni de ses beautés. Cette soirée douce fut suivie d'autres.

Si le métier de Thomas était peu commun, les activités de Zoé ne déparaient pas dans le paysage : elle était photographe free-lance pour la presse locale, et à l'occasion pour des titres nationaux publiant reportages ou suppléments sur la ville. Elle donnait également des cours de soutien à des cancres de la bonne bourgeoisie et se transformait en fin de semaine en vendeuse dans une boutique de chapeaux ouverte par l'une de ses amies. À chacune de leurs soirées, Thomas lui offrait des livres – *L'Humeur vagabonde, Contrerimes, L'Horizon chimérique...* – et l'amenait dans les rues qu'il préférait, celles avec des arbres, peu de voitures, de belles façades anciennes, des architectures étonnantes pour peu que l'on lève le nez. Elle les connaissait, elle les aimait aussi. Lors de leur troisième soirée ensemble, alors qu'il la raccompagnait chez elle, dans cet appartement non loin de la place Jeanne-d'Arc, Zoé lui prit la main, puis le bras. Peu après, ils s'embrassèrent sur les joues et il la regarda s'engouffrer derrière la porte de son immeuble tel un chat pressé de retrouver son panier.

Thomas était tombé sous le charme comme on tombe sous la mitraille. Il y avait de quoi. Le visage de Zoé ressemblait à celui de Kate Moss, petit triangle tranchant, mêmes pommettes. Elle possédait aussi un côté nordique. Sa blondeur sans doute et ses yeux clairs, entre le bleu et le vert. Ses sourires soudains avaient des allures de point d'exclamation, quelque chose s'éclairait et cette lumière emportait tout. Ces images, que quelques jours plus tôt Thomas avait parfois du mal à se remémorer avec précision, ne le quittaient plus. « Zoé, Zoé... », se répétait-il bêtement comme si cela pouvait suffire à la faire apparaître.

Ne pas précipiter les événements. Monter les escaliers est le plus beau moment dans l'amour, disait-on. Thomas en fit après tant d'autres l'expérience, du moins dans l'esprit et pas au pied de la lettre car Zoé habitait au rez-de-chaussée, mais il ne regretta pas l'attente.

Des heures heureuses

Ce bonheur tendre, banal oserait-on dire s'il n'était pas si rare, était-il ce qu'ils auraient eu de meilleur ? Pour Thomas, c'était le temps des jeunes gens avec une mèche sur les yeux, comme disait naguère un poète que personne bientôt ne lirait plus. S'en souviendraient-ils plus tard ? Ou bien ces heures bleues étaient-elles vouées à l'oubli, à la dissolution puis à la renaissance et la perpétuation sous d'autres cieux, à travers d'autres corps et d'autres esprits ? Les générations se succédaient et empruntaient, peu ou prou, les mêmes chemins, les mêmes expériences, les mêmes espérances et les mêmes désillusions. Fallait-il s'en désoler ou s'en réjouir ? La vie n'était-elle que ce passage de témoin, cette suite de choses vues et vécues sensiblement de la même façon par ceux qui s'imaginaient s'écarter des sentiers battus comme par ceux qui se félicitaient de marcher dans les voies balisées des existences ordinaires ?

XVIII

Berthet et Thomas arrivèrent à l'aéroport juste une heure avant le départ du vol pour Paris. Il était près de huit heures trente et l'aérogare grouillait de gens pressés, charriant dans leur sillage des effluves d'eau de toilette, de café noir, de viennoiseries. La file d'attente à l'embarquement s'étirait sur plusieurs dizaines de mètres. Depuis le 11 Septembre, les consignes de sécurité n'avaient cessé d'être plus contraignantes. À défaut de renouveler une telle entreprise meurtrière, les terroristes avaient réussi à enquiquiner des millions de voyageurs chaque jour à travers la planète. Les passagers déposaient sacs et vestes sur les barquettes à disposition, sortaient ordinateurs et liquides aux contenances limitées savamment stockés dans des poches en plastique dont la taille répondait elle aussi à des normes précises. Les portiques indiquaient des voyageurs potentiellement suspects qui, une fois délestés de leurs chaussures ou d'un quelconque bijou, passaient sans problème ou bien devaient subir une fouille au corps plus approfondie.

Berthet n'aimait pas cette cérémonie et se faisait un devoir de la franchir sans encombre. Ceinture, montre, portable : il mettait un point d'honneur à affronter le portique dénué de tout objet pouvant retarder l'exercice.

Cependant, la machine émit son bruit caractéristique accompagné de la petite lumière rouge à son passage. Devant sa surprise, une jeune femme chargée du contrôle jugea bon de préciser avec un accent chantant : « C'est un contrôle aléatoire ! Tous les cent passagers... Vous auriez attendu... »

— Si c'est un contrôle aléatoire, comment j'aurais pu attendre ? Il n'y a pas de compteur affiché à votre foutu portique ! fulmina Berthet.

— Moi, j'dis ça, j'dis rien..., crut-elle bon d'ajouter, ce qui exaspéra un peu plus le contrôlé.

Berthet maugréa encore en se faisant palper par un balèze de près d'un quintal pendant que Thomas passait à son tour.

— Moi, c'est ces pseudo-agents de sécurité que je contrôlerais...

— Y a un problème, monsieur ? s'enquit le balèze, un Maghrébin, qui avait contrôlé Berthet.

— Non, non, ça va...

— Bon voyage alors, monsieur.

Berthet ronfla pendant presque toute sa durée. Une heure et demie plus tard, après avoir laissé leurs bagages dans un hôtel de la rue Monge, Robert et Thomas étaient attablés au Mauzac, un restaurant de la rue Claude-Bernard. Le patron, Jean-Michel, la cinquantaine, sec comme un cep de vigne, les avait rejoints. Il ressemblait à Trotski, ou plutôt à Mihailović, le chef de la résistance serbe au nazisme. Dans le registre de la grande gueule, Berthet devait rendre les armes. Jean-Michel savait tout du vin naturel et lui achetait bon an mal an six cents bouteilles car s'il traitait en direct avec nombre de domaines, il s'était fâché avec des vignerons et avait besoin néanmoins de leurs vins à la carte de son restaurant, ce que lui permettaient des négociants comme Berthet. Le soir, Robert et Thomas dînèrent carrefour de l'Odéon dans un restaurant dont le chef était une vedette. Officiellement, il fallait réserver un an avant pour avoir une table à dîner, mais Robert avait ses entrées auprès d'Alain Laborde, ce que confirma l'arrivée du chef à leur table alors que des Saint-Jacques faisaient elles aussi leur entrée.

— Ah! Mon Bobby! Comment il va? s'exclama Laborde en serrant dans ses bras Robert.

— Bien, très bien! Je te présente Thomas que j'ai embauché il y a quelques mois. Tu viens avec nous alors voir Philou à Rennes? Maréchaux et Lacoche seront de la partie. Ensuite, on file au Ribouldingue à Saint-Brieuc…

— Oui, pas de problème. Lacoche m'a prévenu pour la petite virée… De toute façon, on se voit tout à l'heure, on boira un coup. Bon dîner! Je file en cuisine…, annonça Laborde en donnant des tapes de la main sur l'épaule de Thomas.

Des heures heureuses

La suite du dîner fut majestueuse. Tout était en place, cinq ou six saveurs dans les plats à la fois gourmands et subtils, de quoi allumer les papilles sans les assommer ou leur faire tourner la tête. Robert et Thomas descendirent sans forcer deux bouteilles : un KO de Puzelat et un Véjade de Pfifferling, le genre de bouteille qui vous donnait un coup de coude en forme de clin d'œil : « Alors, heureux ? » Laborde refit surface pour le dessert et commanda au chef de salle un vin blanc effervescent de Loire. Comme appâtés par l'ouverture de la bouteille, Lacoche et Maréchaux déboulèrent dans la petite salle maintenant quasiment vide.

— Holà Alain, c'est un magnum qu'il fallait ouvrir ! Tu roules avec le frein à main maintenant, annonça un petit quadragénaire à l'allure de tonneau et au visage poupin d'enfant.

C'était Stéphane Lacoche, journaliste et écrivain de son état, dont le goût pour le vin naturel lui avait suggéré quelques livres à mi-chemin entre le carnet de dégustation et le manifeste. D'une certaine manière, Thomas lui devait son initiation à ces vins car c'est en l'entendant un jour à la radio évoquer l'art de faire du vin dénué d'artifices et rattaché à un terroir, en des termes convoquant autant la littérature, l'éthique que l'esthétique qu'il avait eu envie d'explorer ce domaine où la bouteille portait en elle bien plus que du jus de raisin fermenté. Lacoche était accompagné de Guillaume Maréchaux, presque le même en plus grand et plus costaud. Embrassades et accolades scellèrent les retrouvailles, des poignées de main pour Thomas. Les nouveaux venus s'assirent, Maréchaux demanda la carte des vins, se ravisa et commanda un magnum de Drappier. Les conversations vagabondèrent, passant du vin à Sarkozy, du rugby aux derniers livres lus par Lacoche, qu'il extirpa d'un cartable en cuir d'écolier sage. Laborde ramena un peu d'ordre en rappelant à l'assistance la suite des événements.

— Bon, vous venez déjeuner ici à 13 heures, à 16 heures on prend des tacots pour Austerlitz, Philou nous a réservé des chambres dans un hôtel, on dîne au Surcouf. Puis, le lendemain matin, on fait un tour au marché de Rennes et on déjeune au Ribouldingue à Saint-Brieuc. Retour à Paris en fin d'après-midi, c'est ça Bobby ?

Le programme fit l'unanimité. Ils trinquèrent à nouveau. Profitant d'une accalmie, Thomas fit part à Lacoche de son rôle dans sa conversion aux vins naturels et lui dit qu'il avait souvent offert ses livres. Cela décupla l'élan du journaliste écrivain rarement insensible aux compliments.

— Il est de chez nous lui ! s'exclama-t-il.

Berthet acquiesça :

— Tu crois que j'allais amener un guignol ?

— Allez, on va boire des bières chez Jipé ! Tu viens avec nous Alain ?

— Chez ce gros con ? Ça m'étonnerait. Je vais me coucher et vous devriez faire pareil. Je vous rappelle qu'une petite excursion nous attend demain. Il faudra être en forme. Et toi, Steph, tu n'arrives pas ivre mort…, répondit le chef.

Cela n'entama pas l'enthousiasme lyrique de Lacoche. À l'entendre, Régine, Castel, le Palace, les Bains Douches et autres lieux mythiques de la vie nocturne parisienne ne valaient rien à côté de « Chez Jipé ». Les ricanements et les sourires entendus de Berthet et Maréchaux accentuaient la curiosité de Thomas.

— Si c'est si bien que ça, pourquoi on n'irait pas ? avança-t-il.

— Il est vraiment de chez nous ! cria Lacoche en se tapant de la main sur un cuissot.

Le bar de nuit de Jipé présentait déjà l'avantage d'être à moins de deux cents mètres du restaurant de Laborde. Jean-Pierre, Jipé pour les intimes, n'ouvrait son bar de poche, que ne signalait aucune enseigne, qu'à partir de vingt-trois heures ou minuit et fermait au petit matin. Si l'on n'était pas initié, il était impossible de deviner que derrière cette porte et ces murs blancs ornés de minuscules fenêtres grillagées, se trouvait un débit de boissons. De l'extérieur, Chez Jipé ne ressemblait pas à grand-chose. À vrai dire, il ne ressemblait pas à grand-chose non plus de l'intérieur : une minuscule salle où trônaient un zinc avec cinq tabourets, trois tables et des chaises en bois, des banquettes fatiguées. Les lumières basses dissimulaient en partie la saleté de l'endroit que trahissait néanmoins l'aspect gluant de chaque meuble et du plancher en bois. En fait, Chez Jipé devait d'abord sa renommée à la personnalité du patron ainsi qu'à la faune improbable qui fréquentait son bouge et sur laquelle le maître des lieux régnait de sa main ferme et amicale. Le tenancier non plus ne payait pas de mine : un quinquagénaire de taille moyenne dont les principales particularités étaient une épaisse chevelure noire accompagnée de sourcils broussailleux tout aussi noirs et une voix forte légèrement rocailleuse. Avant de découvrir cela, il fallait toquer à la porte et montrer patte blanche. Au bout de quelques secondes, une petite grille s'ouvrait à hauteur d'yeux. Si les visages étaient connus de Jean-Pierre ou lui inspiraient confiance, il ouvrait. Sinon, un « On va fermer » ou « C'est une soirée privée » douchait les espérances. Parfois, un détail pouvait valoir au client ayant le droit d'entrée une révision de jugement et une expulsion directe, comme le fait de ne pas enlever sa casquette, béret ou chapeau une fois franchi le seuil de l'établissement. Inutile de négocier, Jean-Pierre était un homme à principes.

Ce soir-là, il y avait affluence chez Jipé, du moins en proportion avec la taille du bar, mais il ouvrit sans barguigner. Lacoche et Maréchaux avaient leur rond de serviette ici, ou plutôt leur sous-bock de bière, tandis que Berthet y avait brûlé nombre de ses nuits lors de ses venues à Paris les quinze années précédentes. Le patron se montra d'emblée chaleureux, servit une tournée de bière et enchaîna : « Vous auriez été là hier soir, les garçons... Des anciens mannequins de l'agence Elite, que j'avais comme clientes quand elles habitaient dans le quartier, sont revenues me voir. Elles étaient déchaînées. Il y en a une qui est montée sur le bar, qui s'est mise à danser et qui s'est désapée ! Strip-tease intégral ! » La scène était hautement improbable, se dit Thomas qui regardait ses compagnons écouter Jean-Pierre avec un respect amusé, sauf Lacoche qui avait reconnu un type retenant l'attention de trois jeunes filles blondes autour de la première table à droite de la porte d'entrée, celle la plus plongée dans l'obscurité.

— Mais c'est ce bon vieux Filhol ! cria Lacoche qui se dirigea vers la table en renversant un peu de son demi sur le sol et les pieds de l'une des jeunes filles qui ne s'aperçut de rien.

En vingt ans, Jean-Marc Filhol avait publié une poignée de romans fiévreux, brillants, désenchantés. Cela l'autorisait, croyait-il, à se prendre pour le plus grand écrivain au monde et à le faire savoir sans précautions. Il se donnait des airs de Mickey Rourke dans *L'Année du dragon*. Lacoche interrompit le numéro de drague collective de son confrère, que ce dernier avait débuté une demi-heure avant par un « Salut les filles, vous aimez la littérature ? Je suis écrivain… », et réorienta la conversation sur les derniers échos du petit monde littéraire germanopratin. Au bar, Berthet, Thomas et Maréchaux subissaient sans faiblir les monologues de Jean-Pierre. On n'était pas obligé de croire tout ce qu'il disait, mais Thomas devina le charme et la singularité du lieu. La propension à colorier le réel de teintes plus aimables et fantaisistes de Jipé déteignait sur les clients. Chez lui, on s'inventait des vies grandioses, des aventures, des relations dangereuses, des ascendances prestigieuses. Pourquoi se priver ? D'ailleurs, ces amoureux d'artifices disaient parfois vrai. Même les paranoïaques ont des ennemis et les mythomanes ne mentent pas toujours. Parmi ses clients suscitant de riches anecdotes, Jean-Pierre cita une petite fille de l'empereur Hiro-Hito, le fils d'un Premier ministre français ayant une nuit bu un verre de Javel ou un membre du jury Goncourt qui aimait venir s'encanailler chez lui en draguant de jeunes garçons. Les échanges entre Lacoche et Filhol sur les magouilles éditoriales couvraient parfois par leurs éclats de voix les récits de Jipé. Ce qui n'échappa pas à un client assis sur un tabouret et adossé au zinc. Un homme à peu près insignifiant, sans âge ni signe particulier à l'exception d'un air un peu paumé qui ne tranchait pas vraiment dans la clientèle de Jean-Pierre. Maréchaux sortit fumer une cigarette, suivi par les trois jeunes filles auxquelles Jean-Pierre ordonna de laisser la porte ouverte. Un brin lassés par les délires du patron, Berthet et Thomas en profitèrent pour prendre l'air à leur tour. À peine eurent-ils le temps d'entendre l'inconnu du zinc clamer : « Les écrivains ! Les écrivains ! Moi, les écrivains je leur pisse dessus... » Lacoche s'éclipsa lui aussi pour rejoindre la compagnie sur le trottoir tandis que Filhol avait changé d'auditoire et discutait amicalement au bar avec l'homme qui n'aimait pas les écrivains. Quelques instants plus tard, le romancier surgit du bar en criant : « Il m'a pissé dessus ce con ! »

C'était indéniable. Sur le jean gris de Filhol, des taches plus foncées attestaient de l'agression. En fait, l'inconnu ne plaisantait pas quand il avait annoncé : « Moi, les écrivains, je leur pisse dessus... »

— Mais tu ne l'as pas vu se débraguetter ? demanda Lacoche.

— Si, si, mais j'étais sidéré, sidéré ! Je ne pensais pas qu'il le ferait...

Tout le monde éclata de rire sauf Filhol qui livra une nouvelle version de « Retenez-moi ou je fais un malheur ! ». Il hurlait, menaçait l'incontinent de représailles tout en se laissant encadrer par les bras de Maréchaux et de Berthet. Jean-Pierre, les larmes aux yeux, faisait de même, mais avec plus d'énergie, en maintenant l'agresseur à l'intérieur de l'établissement car celui-ci avait l'outrecuidance d'assumer fièrement son geste. L'homme narguait l'écrivain en lui déroulant son identité dans les détails. Il s'appelait Franquet, Olivier Franquet, offrit son numéro de téléphone et son adresse à Jean-Marc Filhol qui disait brûler d'en découdre.

— Cela ne va pas s'arrêter là, tu vas entendre parler de moi ! criait-il.

— C'est ça, c'est ça, viens, je suis là, viens..., rétorquait, hilare, Franquet.

Lacoche tenta de réconforter la victime qui partit furieuse en répétant : « Ça ne s'arrêtera pas là ! » Tout le monde rentra dans le bar. Franquet s'était rassis sur le tabouret et se gondolait, ravi de sa blague jusqu'à ce que Jean-Pierre le mette dehors : « Allez, dégage, on s'est bien marré, mais je ne veux plus te voir ici... » Franquet obtempéra sans cesser de se bidonner. Une nouvelle tournée de bière accompagna la reconstitution des événements. Jean-Pierre était désormais le seul témoin de l'incident et livrait sa version en insistant sur un fait à ses yeux décisif dans la passivité de Filhol : « Le mec avait une bite énorme ! Je n'avais jamais vu un machin pareil ! disait-il en indiquant avec ses mains une taille de cinquante ou soixante centimètres. Jean-Marc était fasciné, comme hypnotisé... » L'explication, bien que sujette à caution, resterait dans la légende de Chez Jipé car là, à l'instar de l'Ouest à l'époque de Liberty Valance, quand la légende dépassait la réalité, même de quelques dizaines de centimètres, on imprimait la légende.

De retour à l'hôtel, juste avant de se coucher, Thomas pensa à Zoé avec un étrange pincement au cœur.

XIX

Quand Berthet et Thomas arrivèrent sur la terrasse chauffée du restaurant d'Alain Laborde, le chef était entouré de trois convives : un rouquin à nœud papillon, une montagne au physique de deuxième ligne de rugby à la retraite et un type avec une queue-de-cheval évoquant un Indien d'Amazonie. Il s'agissait du « fils du Che » amené par le supposé rugbyman qui en réalité était journaliste. Le rouquin avait été éditeur et vivait désormais de ses rentes. Les nouveaux venus prirent place auprès des tables où étaient disposés plateaux de charcuterie et deux bouteilles de rouge.

— « Sagesse » de Gramenon… Pas mal, commenta Berthet.

Lacoche et Maréchaux firent leur apparition peu après. Lacoche affichait une arcade gauche amochée et un regard torve contredit par un verbe lyrique qui se faisait entendre de loin.

— L'équipage est sur le pont ! À l'abordage !

Il enchaîna en criant « Ta ta – la la la – ta ta – la la la », hommage au chant de beuverie entonné par

Gabin et Belmondo dans *Un Singe en hiver* de Verneuil, référence qui n'avait pas besoin d'explication pour l'assemblée.

— Steph ! Tu fais chier, je t'avais dit de ne pas arriver torché ! tonna Laborde qui mit son ami à une brève cure aquatique : une bouteille de Chateldon avant d'avoir le droit de goûter le Gramenon.

Le sang séché sur l'arcade s'expliquait par une bagarre à la sortie de chez Jean-Pierre à cinq heures du matin. Maréchaux rassura Laborde : « On ne s'est pas couché, mais on boit du café depuis onze heures. » Les plats défilaient, les bouteilles de Gramenon s'ouvraient à la chaîne. Au bout d'un moment, Lacoche comprit que l'homme assis en face de lui était le dernier fils du Che. « Putain, ça c'est grand ! C'est de chez nous ! », dit-il avant de se lancer dans de longs développements sur la théologie de la libération, le Brésil, la bossa nova et Pierre Barouh. Ce dernier débarqua sur la terrasse quelques minutes plus tard après qu'Alain eut passé un discret coup de fil à l'interprète des chansons d'*Un homme et une femme* qui vivait dans une rue voisine et qu'il connaissait. Pour fêter l'événement, Lacoche se leva et esquissa des pas de danse sur le trottoir – scène immortalisée et postée sur Facebook par Berthet. Deux magnums de Drappier annoncèrent la suite des festivités. Thomas avait le sentiment d'être sur un manège de fête foraine, grisé par cette avalanche de mets, de boissons, de conversations, de rires.

Des heures heureuses

— On boit un dernier truc si vous voulez, mais après on y va. On doit être à Austerlitz à dix-huit heures. Philou nous attend à Rennes, rappela Alain.

Laborde, Maréchaux, Lacoche, Berthet et Thomas dirent au revoir à leurs compagnons de table quand les taxis se garèrent devant le restaurant. Lacoche descendit d'un trait son verre de rouge. Il n'aimait pas gaspiller. Avant de monter dans le train, Maréchaux avait eu le temps d'acheter cinq canettes de bière de cinquante centilitres. Laborde s'effondra sur son siège et dormit aussitôt, imité par Lacoche et Berthet.

— À la tienne, dit Maréchaux en tendant une canette ouverte à Thomas afin qu'ils puissent trinquer.

Après une deuxième tournée, Thomas en sut plus sur son nouvel ami. Il travaillait depuis une dizaine d'années dans la politique, à la communication et aux relations presse de collectivités locales ou d'élus. Il connaissait Lacoche depuis leurs années d'étudiant. Tous deux s'étaient mariés à peu près à la même époque, chacun d'ailleurs à une Catherine, avaient eu trois enfants – trois filles pour Maréchaux, trois garçons pour Lacoche – mais ces chefs de famille avaient conservé des libertés et des fantaisies d'adolescent que leurs femmes toléraient. Ils avaient rencontré Berthet chez Alain, au début des années 2000, grâce à leur passion commune pour le vin naturel et la gastronomie. Lacoche se réveilla le premier et réclama la canette restante.

Des heures heureuses

À la gare de Rennes, à vingt heures, le groupe se rendit directement au Surcouf. Seuls Berthet et Thomas s'étaient munis de petits sacs de voyage, les autres n'avaient pas jugé bon de s'encombrer de vêtements de rechange pour le lendemain. Au restaurant, Philou, trentenaire aux cheveux longs bouclés et à la fine moustache qui lui conféraient un air de mousquetaire, accueillit ses invités comme s'ils venaient de gagner la Ligue des Champions ou de remporter une élection. Le restaurant était connu des amateurs de vin naturel de la France entière par sa carte aussi fournie que pointue, proposant des références très rares et alimentée par une cave de dix mille bouteilles au sous-sol de l'établissement. Si le goût de Laborde le portait aussi vers ces vins qui représentaient environ 70 % de la carte de son restaurant, il ne prisait guère les jus trop déviants, plein de gaz, qui puaient à l'ouverture, qui s'oxydaient au bout de quelques minutes. De plus, la renommée de sa cuisine lui amenait parfois une clientèle habituée à des vins classiques qu'il se devait de pouvoir proposer. Bref, aux yeux des intégristes du vin nature comme Berthet, Philou ou Lacoche, Laborde était un modéré, un social-démocrate.

Pour accompagner le menu qu'il avait savamment concocté, Philou suggéra des vins ayant l'assentiment général – un vieux blanc de Villemade, un tavel de Pfifferling, un morgon 1995 de Lapierre... – tout en ouvrant au débotté des bouteilles plus flibustières et troublardes. À l'image de ce vin de voile qui s'oxyda presque aussitôt après avoir été mis en carafe. De jaune il vira au bronze puis au marron. En bouche, pas de doute : une boisson d'hommes. Du bizarre. Lacoche et Berthet appréciaient en concédant que ce genre de vin ne pouvait pas être mis en vente libre. Ils gloussaient, faisaient mine d'être effarouchés, parlaient de « vitriol ».

— C'est bien, c'est droit… Qu'est-ce que vous avez ? Je trouve ça bon, moi, très bon même ! s'enthousiasmait Laborde pourtant rétif aux vins trop curieux et ne comprenant pas les réserves de ses amis.

— Oui, tu as raison Alain, quoique limite standardisé ce vin… Presque commercial, commenta Lacoche en pouffant.

— Un peu trop de soufre pour moi, ajouta Maréchaux.

— Qu'est-ce qu'ils sont cons ! répétait Laborde faussement outré.

— Alain, tu te souviens quand tu proposais du tartare de poulain ? Et les mecs des associations de défense des animaux qui taguaient ton restaurant, faisaient des sit-in, lançaient des pétitions… La rigolade ! dit Lacoche hilare.

— Putain, vous me faites chier avec cette histoire. C'est vous qui avez tout inventé et les journalistes écrivent encore là-dessus. Je n'ai jamais fait de poulain ! Jamais bordel ! Faut arrêter avec vos délires. Et puis c'était pas du tartare, mais du carpaccio !

Les autres éclatèrent de rire devant cette dénégation en forme d'aveu. Berthet enchaîna : « Excuse-nous chef, du carpaccio de poulain, pas du tartare... C'est noté ! »

D'autres bouteilles furent encore amenées par Philou. Lacoche s'était écroulé sur la table, Maréchaux ronflait la tête en arrière et la bouche ouverte. Berthet les photographiait avec son iPhone. Il était près de trois heures du matin et le moment de se coucher. Philou alla chercher son fourgon et chargea la viande saoule à l'arrière tel un officier rassemblant ses hommes blessés.

— Au fait, il n'y avait plus que deux chambres de libre à l'hôtel de mon pote, précisa-t-il en mettant le contact.

— Moi, je peux rester dormir dans ton restau, proposa Stéphane.

— Non, tu viens avec nous. Robert et Thomas prendront une chambre, nous l'autre. On se partagera le lit avec Guillaume, tu dormiras sur une chaise ou sur la moquette, ordonna Laborde qui n'avait pas envie de laisser son ami seul dans un endroit abritant une cave de dix mille bouteilles.

L'ouverture des chambres avec les cartes magnétiques opposa les résistances dues à l'ébriété avancée de la troupe. Les éclats de voix du groupe et les coups de pied de Lacoche à une porte provoquèrent l'irruption d'un voisin de chambre dans le couloir.

— C'est quoi ce bordel ! Je veux dormir moi...

— Et nous, tu crois qu'on veut faire un golf, rétorqua Berthet dont la voix pataude et le regard vitreux douchèrent les récriminations.

DES HEURES HEUREUSES

Le type en pyjama au sommeil fragile rentra dans sa chambre sous les éclats de rire. La nuit fut courte, mais peu avant dix heures personne ne manquait à l'appel à la réception de l'hôtel. À peine eurent-ils le temps de boire un mauvais café que Philou débarqua au volant d'une Mercedes W 115 millésime 1975. Il avait promis à ses amis une visite du marché couvert avant de les déposer à la gare.

— Allez, on y va. Vous devrez vous serrer à l'arrière...

Lacoche occupa d'autorité la place auprès du conducteur. Même en se serrant, il était impossible de rentrer à quatre sur la banquette arrière. Maréchaux, le plus corpulent, se porta volontaire pour voyager dans la malle. Bien que bref, le trajet fut sujet à quelques brimbalements causés par la conduite nerveuse de Philou. Des cris étouffés parvenaient de la malle à chaque cahot suscitant des ricanements à l'intérieur de la voiture. Cela ressemblait au transport d'un témoin gênant promis à une exécution en rase campagne, comme dans *Les Affranchis* de Scorsese. La visite du marché des Lys se conclut par trois plateaux d'huîtres et une tournée générale de crêpes à la saucisse arrosées de trois bouteilles de muscadet. Il était temps de filer à la gare pour prendre le train en direction de Saint-Brieuc. Maréchaux reprit docilement position dans la malle du véhicule. Sur le quai, Philou précisa : « Vous revenez quand vous voulez. Surtout n'hésitez pas... » Le TER était surchargé et Maréchaux se coucha pour une courte sieste sur le sol d'un espace bagages où ses compagnons s'étaient repliés. À Saint-Brieuc, Lacoche émit l'idée d'aller se recueillir sur la tombe de Roger Nimier, Maréchaux approuva ainsi que Thomas qui ne savait pas que l'un de ses écrivains préférés reposait dans cette petite ville qu'il découvrait.

— Ouais, ce sera une autre fois. On est attendu au Ribouldingue. J'ai réservé cinq couverts pour treize heures, coupa Berthet.

Le Ribouldingue n'était qu'à un peu plus d'un kilomètre de la gare, ce qu'ils firent à pied en empruntant une longue avenue déprimée.

— Au fait, on sera sans doute deux ou trois de plus. J'ai appelé Louis-Xavier et Richez, ils risquent de venir. Jaulin aussi peut-être…, annonça Lacoche.

Ces noms, qui ne disaient rien à personne sauf à Maréchaux, car Lacoche et lui avaient écrit une dizaine d'années auparavant dans une revue non-conformiste avec les hypothétiques invités surprises, provoquèrent la fureur de Berthet.

— Tu fais chier ! Il y a vingt-cinq couverts au Ribouldingue, j'ai dû insister pour avoir une table pour cinq et toi, deux minutes avant, tu dis qu'on sera trois de plus ? T'es débile ou quoi ?

— C'est vrai Steph, tu déconnes. C'est qui ces gugusses ? abonda Laborde.

— Ce sont des potes, merde, demande à Guillaume ! Si on ne peut plus inviter des amis à déjeuner, où on va ? Vous n'avez qu'à imprimer des cartons d'invitation ! Alain, je t'ai connu moins formaliste. Si c'est pas le principe de base de la dérive que de convoquer les vieux amis ! Et puis, peut-être qu'ils ne viendront pas. J'ai essayé d'appeler dans le train, mais ça ne passait pas ou je tombais sur des messageries...

Finalement, au Ribouldingue, n'attendait que Louis-Xavier accompagné de l'une de ses filles, Mahaut, filleule de Stéphane âgée depuis peu de dix ans. Il fallut néanmoins négocier deux couverts supplémentaires, opération rendue facile par la réputation d'Alain Laborde que le chef étoilé du Ribouldingue était fier de recevoir chez lui. La situation était tout de même étrange car, à l'exception de Maréchaux et Lacoche, personne ne connaissait Louis-Xavier et, de fait, sa fille aînée. Avant de s'installer à Saint-Brieuc où il était notaire, il avait vécu plusieurs années en Patagonie dans l'idée de créer une communauté d'une dizaine de familles. Le rêve avait pris fin avec la naissance de ses deux premiers enfants. Finalement, la France offrait de meilleures perspectives pour construire une famille. Sur le visage de Louis-Xavier flottait un air doux et triste, la petite Mahaut était gaie et légère, comme le repas. Au bout de dix minutes et deux bouteilles de vin blanc d'Alsace, l'ambiance n'offrait guère de prise à la mélancolie.

— Alors Alain, il était comment ce vin de voile ? Trop classique, non ? lançaient régulièrement Lacoche et Maréchaux.

— Vous êtes vraiment cons...

Stéphane expliquait à sa filleule les plats parfois compliqués qu'elle mangeait. Elle trouvait cela bon et souriait comme un enfant qui ne sait pas qu'il est heureux et qui pourtant s'en souviendra plus tard.

Après le repas et les digestifs, vint le temps des adieux. Lacoche, Maréchaux, Laborde, Berthet et Thomas quittèrent Louis-Xavier et sa fille devant le restaurant avant de grimper dans la camionnette du chef qui les amenait à la gare où le train pour Rennes partirait dans un quart d'heure. En rangs et face à face dans le véhicule, ils ressemblaient à un gang de film hollywoodien s'apprêtant à faire un braquage.

— On se croirait dans *Heat* de Michael Mann, lança Maréchaux.

À leur surprise, Louis-Xavier et Mahaut les attendaient sur le quai. Ils s'embrassèrent encore.

— On voulait vous dire une nouvelle fois au revoir..., souffla Louis-Xavier.

Thomas ne savait pas vraiment pourquoi, mais il était ému. Il aurait aimé confier quelque chose d'un peu inoubliable à la petite fille et à son père. Les adieux ne devraient pas exister. Il ne faudrait jamais se quitter, jamais, se dit Thomas.

De Saint-Brieuc à Rennes puis de Rennes à Paris, ils prirent des trains qui partent. Le bar était leur quartier général. « Cinq bières et cinq Ricard », commandait Maréchaux toutes les demi-heures. La petite troupe ne passait pas inaperçue. À eux cinq, on approchait des deux cents ans. Âge mental : dix ans. État d'esprit : mille ans. À Paris, le chef leur fit faux bond pour rejoindre sa femme et des amis dans un restaurant du septième arrondissement. Les autres se replièrent vers le restaurant de Laborde afin de boire quelques ultimes bouteilles. Les derniers clients étaient sur la terrasse où les quatre survivants s'installèrent.

— On va prendre un blanc de Cossard, annonça Lacoche à une serveuse contrariée par cet arrivage. Deux bouteilles plutôt, rectifia-t-il.

Il était près de minuit. L'heure de rentrer ou d'entrer dans la nuit. Berthet avait de plus en plus de mal à ouvrir les yeux et bégayait. Maréchaux descendait ses verres de blanc en silence, Lacoche monologuait sur la preuve de l'existence de Dieu chez saint Anselme. C'était une nuit bleu pâle grosse de fantaisie, d'insolite, de douce fureur. Toutes ces choses qu'on n'oserait jamais faire, qu'on n'oserait pas dire avec l'esprit clair, toutes ces choses que l'on n'oserait pas partager avec un étranger : elles se pressaient ce soir-là.

Thomas se retint d'envoyer à Zoé des SMS trop solennels qu'il aurait regrettés le lendemain. Malgré la joie partagée de ces moments, l'insouciance effervescente, la trivialité fraternelle mêlée de féerie des dernières heures et de cette virée aussi improbable qu'indispensable, la jeune femme lui manquait. Durant la nuit, il rêva d'elle et d'un chat qui marchait sur ses pattes arrière.

XX

Le temps passait, le temps filait, sans trop d'impatience ni d'angoisse. Pour Thomas, les petits matins difficiles et les gueules de bois se succédaient, malgré le faible taux de soufre censé épargner aux amateurs de vins naturels les désagréments de la double barre frontale et des tempes bourdonnantes. Les fêtes de fin d'année approchaient à grands pas avec leur cortège de guirlandes et de décorations festives dont les rues de la ville se maquillaient avec ostentation dès le mois de novembre. Ce spectacle distillait chez Thomas une certaine mélancolie. Il aimait pourtant Noël qu'il passait en famille, appréciait moins le jour de l'an et le cérémonial des douze coups de minuit entre amis, des cotillons et des embrassades obligées, rituel auquel il se félicitait d'échapper car il n'avait pas d'amis. Longtemps, le soir de Noël, ses sœurs cadettes lui avaient offert grâce à leurs visages la joie pure du royaume de l'enfance. Depuis quelques années, c'était différent : des cadeaux échangés, de l'affection, de l'amour toujours, mais quelque chose s'était perdu en chemin. Pour une fois, il fêterait le 31. Avec Zoé, chez lui. Le 24 et le 25, elle serait dans le Gers, auprès de sa famille, famille qu'elle ne voyait guère sinon pour ces rendez-vous. Thomas n'avait pas voulu en savoir plus.

Le travail commençait à lui peser parfois. Ces cinq derniers mois, il n'avait guère levé le pied ni passé plus de vingt-quatre heures sans boire de l'alcool. Le milieu du vin et de la restauration révélait sa part de conformisme, de bêtise, de snobisme, de cupidité et de médiocrité, moins que bien d'autres milieux car nombre des vignerons, des cavistes ou des chefs qu'il côtoyait étaient des artisans intègres, amoureux de leur métier, mais la nature humaine restait la nature humaine. Il savait maintenant repérer les prétentieux, les petits malins, les faussaires, les guignols qui avaient investi le créneau du « naturel » et du « terroir », comme ils auraient pu vendre des téléphones ou des jeans.

Parmi les dernières modes, l'une horripilait particulièrement Thomas, celle des « légumes oubliés » baptisés aussi « légumes anciens » : rutabagas, topinambours, radis noirs, panais, courges et autres. Pourquoi avait-on oublié ces légumes qui avaient eu leur heure de gloire sous l'Occupation et dans les périodes de disette ? Tout simplement parce qu'ils n'étaient pas bons. Pourtant, ils revenaient en force dans les assiettes qui fixaient les tendances. De prestigieux restaurants les avaient remis au goût du jour. À prix d'or, évidemment. Cela ne manquait pas de piquant malgré leur fadeur ou leur amertume. Les fleurs envahissaient aussi les assiettes. On en était là. N'importe quoi pouvait être recyclé sous le label de « l'authentique » pour quelques gogos quand la majorité se contentait de consommer des boîtes ou du surgelé. De même, le culte du « produit » et du « petit producteur » avait viré au culte de la personnalité et au name-dropping. Il y avait le beurre de la maison Trucmuche, la viande de Tartempion ou de Tintin (qui valait presque aussi cher que du caviar), les légumes de Madame de Trifouilly-les-Oies, les jambons de Tartarin de Tarascon, le saumon mariné du capitaine Haddock, la mozzarella di buffala de Don Corleone... En lisant la carte de certains restaurants, on avait l'impression de découvrir le générique d'un film hollywoodien. Que des stars, tous des stars... À voir ces produits « artisanaux » s'étaler un peu partout dans les restaurants ou les épiceries fines de France et de Navarre, ainsi qu'à l'étranger, on pouvait se demander comment ces braves paysans arrivaient à produire de telles quantités sans sacrifier la qualité. Des pâtisseries ou des boucheries prenaient l'allure chic, le sérieux, la morgue de galeries d'art. Gâteaux et morceaux de barbaque étaient exposés sous verre comme s'il s'agissait d'œuvres ou d'installations. On se sentait presque obligé de les contempler silencieusement en hochant gravement la tête. Personne n'osait éclater de rire. Des restaurants se faisaient appeler « Ateliers » ou « Laboratoires ». Longtemps méprisés, les artisans tenaient leur revanche et se prenaient pour des artistes. Simulacre, jeu de rôles, représentations falsifiées : il aurait fallu des sociologues pour analyser le phénomène et non des critiques gastronomiques.

Thomas avait besoin de s'éloigner de cette comédie. Par son inclination et quelques reportages qu'elle avait été amenée à faire à l'étranger, Zoé cultivait le goût des voyages. Elle avait d'ailleurs proposé à Thomas des destinations aussi lointaines qu'exotiques dont il n'avait qu'une idée assez floue comme Sao Tomé, la Guyane ou Singapour qu'il imaginait sous l'emprise de la mousson et de boutiques de luxe climatisées. Il restreignit les possibilités d'évasion à un périmètre ne dépassant pas les trois ou quatre heures de transport aérien. Elle suggéra alors Lisbonne, Belgrade, Madrid, Istanbul, Malte, Séville, Tanger… Thomas fit mine de céder malgré lui à ces invitations et négocia avec Berthet quelques week-ends allongés du vendredi au lundi. Lisbonne fut leur premier voyage sous un beau soleil de début novembre qui tutoyait les vingt degrés. Ils se comportèrent en parfaits touristes, allèrent voir la statue en bronze de Pessoa au Brasileira, prirent un verre sur la place du Commerce en regardant le soleil tomber dans le Tage, mangèrent de la morue dans des gargotes à la simplicité oubliée dans l'Hexagone, écoutèrent des chanteuses de fado dans le Bairro Alto… À l'exception d'une excursion sur le tramway de la ligne 28, Thomas et Zoé se déplacèrent uniquement à pied, snobant taxis et métro. Le plaisir de se perdre, de revenir sur leurs pas, de prendre une rue au hasard participait au bonheur parfait de ce bref séjour. Lisbonne, dont Thomas n'avait jusqu'alors qu'une connaissance livresque et même plutôt romanesque, correspondait exactement à l'image qu'il s'en était faite : une cité blanche, jaune, bleue, presque maritime, encore préservée de la modernisation à outrance. Comme il l'avait lu dans *En attendant le roi du monde*, il constata ravi que la topographie de la ville, avec ses rues pavées qui montaient et descendaient, avait entravé la prolifération des cyclistes et des crétins à rollers. En revanche, il fut surpris de découvrir que Lisbonne était toujours une ville populaire, une capitale dont le peuple n'avait pas été totalement exilé dans les banlieues. Même dans sa ville de province, les gens ordinaires n'avaient plus les moyens de se loger sans s'éloigner des quartiers du centre. Malgré la crise qui frappait durement le Portugal depuis plusieurs années, il y avait beaucoup moins de mendiants que dans les rues françaises.

Quinze jours plus tard, à Madrid, que Zoé connaissait comme sa poche, Thomas aima le côté altier et austère, les grandes avenues majestueuses, les quartiers bourgeois avec leurs colonnes d'arbres. Comme à Lisbonne, il se montrait moins exigeant qu'en France sur le choix des vins, connaissant mal ceux de ces pays. Dans les restaurants, il choisissait donc au hasard et les vins, souvent calibrés sur un goût international – vanillé, boisé, puissant – le changeaient de ses habitudes. Était-ce la présence de

Zoé ? Le charme du dépaysement ? Le sentiment de vivre vraiment ? Tout cela à la fois ? Il n'était pas gêné de boire des jus que Berthet aurait qualifiés de technologiques et que Thomas lui-même aurait récusés dans l'Hexagone. Le week-end suivant, ils filèrent à Berlin. Thomas s'ennuya : plein d'Allemands. À chaque voyage, il envoyait des cartes postales à ses parents et à ses sœurs, prenant soin de personnaliser les trois cartes. Zoé ne quittait pas son appareil photo. « Arrête un peu, regarde-moi plutôt… », lui disait Thomas. « Mais ce sont des souvenirs pour plus tard ! », répondait-elle sur un ton d'enfant injustement morigéné. « Pour plus tard… », la perspective convenait à Thomas qui commençait à envisager sa vie auprès de cette fille qui glissait des expressions italiennes sans y prendre garde dans la conversation, qui reconnaissait des oiseaux compliqués perchés dans les arbres, qui ouvrait grand les yeux quand elle buvait du vin.

Berthet prenait ombrage des escapades de son employé. Trop bien habitué, ou mal habitué selon le point de vue, par un Thomas disponible à chaque heure ou presque de chaque jour, il souffrait des libertés prises par le jeune homme. Bien sûr, aucun contrat de travail ne fixait les droits et les devoirs de chacun. Seule une enveloppe en liquide mensuelle validait leur accord tacite. Plus que de dommages commerciaux, le patron pâtissait du sentiment de passer au second plan. La blessure narcissique se révélait plus vivace que d'éventuels griefs professionnels.

Bref, Berthet était jaloux. Il ne faisait pas le poids face à une brindille blonde aux attaches fines, au visage de chat et aux yeux bleus venus d'ailleurs. N'ayant jamais rencontré l'objet de l'attention de Thomas, il en ressentait une rancœur à vide car incapable de donner un corps et un visage à sa rivale.

— Tu te souviens qu'il y a le beaujolais nouveau jeudi prochain ? On va recevoir tous les primeurs, y compris ceux de Gaillac, de Loire, ceux de Maulin et de Tilloy, à partir de mardi. Ça va être chaud. On devra livrer les restaus et les bars fissa. J'espère pouvoir compter sur toi. Si tu n'as plus envie de bosser, tu me le dis et je m'organise autrement..., lança Berthet alors qu'ils étaient en train de préparer des cartons de livraison pour des restaurants.

— Qu'est-ce que tu me joues ? Je serai là bien sûr...

— Ravi de l'apprendre, car depuis quelque temps tu te barres trois ou quatre jours sans donner de nouvelles, je te signale. Et moi, j'ai une boutique à faire tourner, des clients, de l'argent à faire rentrer...

— Je t'avertis toujours dix ou quinze jours avant de partir et je ne te laisse jamais en plan. Tu le sais très bien. Je bosse comme un dingue et...

Berthet réussit à faire culpabiliser Thomas par le dépit et le sentiment d'être délaissé que trahissaient ses plaintes. Au-delà des week-ends prolongés avec Zoé, il était vrai que Thomas accordait moins de temps à son patron. Il s'éclipsait avant des dîners, il écourtait les apéros avec Garcia et le Clup, il ne se laissait plus entraîner dans les déjeuners sans fin. Il faisait sentir à son patron que quelqu'un de plus important que lui l'attendait quelque part. Et il en éprouvait un peu de mauvaise conscience car il devait beaucoup à Berthet. En dépit de ses humeurs et de ses caprices, ce quinquagénaire bancal et attachant lui avait appris le vin, fait rencontrer des êtres hors du commun comme Lacoche, Laborde, Tilloy, Maulin, Besnard et d'autres. Ce n'était pas rien.

Le soir, Zoé avait rejoint Thomas à son appartement.

— Et si nous allions à Istanbul le dernier week-end du mois ? On partirait le vendredi en fin d'après-midi et on rentrerait le lundi dans la soirée... J'ai regardé les vols. Je n'y suis jamais allée, mais je suis sûre que tu vas aimer. L'histoire, le Bosphore, Topkapi, Sainte-Sophie, les murailles de Constantinople : qu'en dis-tu mon sultan ? On boira du raki et du thé, et du café très turc, cela te changera...

Thomas songea à la tête de Berthet quand il lui annoncerait la nouvelle. Peu importait, il avait envie de goûter à la douceur de vivre loin des curieuses passions françaises.

En France, on ne parlait que de l'élection présidentielle de mai. Les esprits s'échauffaient, il y avait du « buzz », des « clash », des « tacles », des « dérapages », selon le nouveau vocabulaire en cours dans les médias. Les plus sérieux parlaient de « séquences », de « triangulation », de « storytelling ». Thomas se souvenait de l'un de ses professeurs de l'IEP qui martelait solennellement : « La France est un vieux pays politique. » Oui, peut-être, mais ce n'était pas ce qu'elle avait désormais de meilleur. Le général de Gaulle était mort et enterré, et avec lui l'appel du 18 juin, la France Libre, la Résistance, la Libération, Diên Biên Phu, les « événements » puis la guerre d'Algérie, la Ve République, le putsch d'Alger, les accords d'Évian, les Trente Glorieuses, Mai 68... Le vieux pays était devenu une banale raison sociale, une société anonyme que des gestionnaires de droite ou de gauche ambitionnaient de diriger comme une entreprise. Les charges, les impôts, la TVA, les déficits publics qui ne devaient pas dépasser le chiffre magique de 3 % du PIB : tout cela ne portait pas au lyrisme ni à la grandeur. Comment tomber amoureux d'un taux de croissance ? Pourtant, les boutiquiers se battaient, s'invectivaient. Cela ressemblait à un jeu de rôles, des gamineries, des amusements de bac à sable du type : « Je ferais la droite et toi tu serais la gauche. » Plus personne ne croyait en rien, alors on en rajoutait dans la théâtralité.

Istanbul, ce fut un choc. Thomas avait eu beau s'y préparer en lisant les portraits amoureux de la ville écrits par deux Français de ses contemporains, il fut envoûté par la mégalopole grouillante, si archaïque et si moderne. On se heurtait à Constantinople, voire à Byzance, à presque chaque coin de rue. Des femmes à burqa croisaient sur l'ancien hippodrome ou sur Istiklal des jeunes filles court vêtues ou au string apparent sous le jean. Il y avait des chats partout, lascifs et bien nourris, et Zoé voulait en ramener un en France. Même les appels nocturnes à la prière des muezzins ne troublaient leur sommeil au quatrième étage d'un hôtel de la rue Pierre-Loti. C'étaient plutôt les mouettes et les lointains bateaux du Bosphore avec leurs sirènes, se faisant entendre à partir de neuf heures du matin, qui les réveillaient. Cette ville correspondait parfaitement à leur amour : imprévisible, authentique, paradoxale, populaire, impériale, chaleureuse, épicée, fluviale, très ancienne et très actuelle. Ils se jurèrent d'y revenir. À la terrasse d'un café au pied de la tour de Galata, Thomas céda au rituel des cartes postales. Il songea à en envoyer une à Berthet, puis se ravisa.

XXI

Lors de la soirée du beaujolais nouveau, les membres du Clup, en particulier Pierrot très en forme et Stéphane résolu à noyer ses idées noires, contribuèrent à mettre à l'aise les clients de passage. Trois tonneaux installés devant l'établissement et la terrasse étaient occupés par une trentaine de buveurs accompagnant leurs libations par des assiettes de charcuterie, des pâtés, de la salade de museau ou du fromage. Les tables se renouvelaient, de nouveaux venus fournissaient à l'assemblée des forces vives propres à faire durer la soirée jusque très tard. Certes, la fête du beaujolais nouveau n'avait plus le succès, notamment auprès des jeunes, dont elle pouvait s'enorgueillir vingt ans avant. Le public s'était lassé de ce fameux « goût de banane » procuré par une levure industrielle. Face à la désaffection envers le beaujolais nouveau bas de gamme, des vignerons d'autres terroirs et appellations s'étaient lancés eux aussi dans le vin primeur, assurant ainsi au troisième

Des heures heureuses

jeudi de novembre une certaine permanence, en particulier dans les bars ou chez les cavistes affichant leur engagement en faveur du vin naturel. Berthet pouvait en témoigner : il avait les bras endoloris d'avoir transporté des centaines de caisses. Un tel effort méritait réconfort et il avait convoqué Thomas chez Garcia.

Berthet était installé à l'extérieur à une table avec le Toubib et Gravier qui, s'il n'avait pas fait de primeur, s'était senti obligé d'amener quelques bouteilles de son domaine. Une quille de beaujolais avait été descendue, Gravier ouvrait un de ses nectars que les deux commensaux n'étaient pas pressés de goûter.

— Hé gamin, va nous chercher un gaillac de Delhoumme, on est à sec ici…, lança Berthet en apercevant Thomas sur la terrasse.

— Non, pas la peine, j'ai ouvert mon gamay, annonça l'ancien avocat plein d'enthousiasme.

Thomas comprit et récupéra un gaillac primeur à l'intérieur du P'tit Bouchon, mais Garcia avait une autre suggestion.

— Vous ne voulez pas goûter les vins de Gravier ? Vous êtes vaches. C'est beaucoup mieux qu'il y a quelques mois.

— Moi, j'obéis, précisa Thomas en sortant avec la bouteille de secours.

— Parfait, merci Thomas. Jean-François, on va carafer ton vin. Ce serait dommage de le boire à l'arrache, un peu d'air lui fera du bien, dit Berthet en espérant retarder la dégustation du Gravier.

C'était bien tenté, mais le gaillac bu, ils n'échappèrent pas à la bouteille promise. Garcia n'avait pas tort : c'était moins mauvais qu'avant. Les arômes de blette et de légumes pourris avaient cédé la place à des notes de cuir et de plastique brûlé.

— Moi, ce que j'aime dans ce vin, c'est la minéralité ! Les tannins ont fondu, il est vif, tendu, très pur, s'enthousiasmait le vigneron.

Berthet profita du passage de Pierrot devant leur table pour lui servir un grand verre. À son niveau d'alcoolémie, le vin de Gravier passerait sans encombre.

— C'est pas mal…, commenta Pierrot, avant de réclamer un deuxième verre et de se lancer dans des imitations de Claude Nougaro. Berthet abandonna subrepticement Gravier et fila à l'intérieur où Garcia servait à Bernie et Stéphane un magnum d'un blanc d'Auvergne apprécié des connaisseurs. Thomas les rejoignit. Le magnum promptement vidé, Bernie énonça sa phrase fétiche : « Qu'est-ce qu'on boit après ? » Il la prononça au moins deux autres fois, puis Thomas se mit à tituber, à alterner les passages aux toilettes du sous-sol et les séances sur la terrasse pour se frotter à l'air frais.

Le Toubib et Pierrot s'engueulaient. Les invectives rituelles – « Je vais te foutre sur la gueule ! », « Tu vas prendre ! », « Et chez toi, y a des glaces en bois ? » – et d'autres expressions plus mystérieuses, comme « Un, deux, trois : la fête à Moga ! », « La petite sur la cinq, la grande sur la douze : il est dix-sept heures ! », parvenaient aux oreilles bourdonnantes de Thomas. Il entendait aussi des bribes de conversations ou des phrases dont il avait du mal à identifier les auteurs : « Je n'ai que 6 % de graisse... — Ouais mais t'as 94 % de connerie ! », « Si tu veux un rein, je ne me porte pas volontaire, mais je veux bien te regarder mourir à petit feu », « C'est pas compliqué la mécanique quantique... ». Un peu après minuit, Thomas s'assit sur les marches de la boucherie voisine et s'endormit. Vers dix heures du matin, il se réveilla dans son lit en essayant de reconstituer les événements de la veille emportés dans un brouillard d'où émergeaient des visions fugaces : Gravier assénant un coup de tête à un clochard agressif qui n'aimait pas son vin, Berthet klaxonnant au volant de son bolide et insultant les autres conducteurs, l'évier de la salle de bains obstrué par du vomi... Plus jamais ça, songea-t-il.

Dans l'après-midi, il reçut la visite de Zoé. Ils burent du café, du thé, du café encore, regardèrent *Texasville* de Peter Bogdanovich en DVD, se couchèrent à dix-huit heures, se levèrent deux heures plus tard. Thomas prépara des pâtes au chorizo accompagnées d'un gamay de Loire.

— Il faut caresser le chien qui t'a mordu la veille, Berthet dit souvent cela, précisa-t-il devant la moue circonspecte de Zoé face à la bouteille de vin.

— Oublie ton Berthet et ta bouteille, je suis là. Je ne t'ai pas mordu, mais je veux bien que tu me caresses encore.

Le portable de Thomas vibra. Troisième SMS du patron qui avait encore des projets. Ils attendraient.

Le lendemain, il le retrouva au Sylène à onze heures autour d'un café. Berthet souriait, affichait l'air faussement détendu de quelqu'un de tendu. Après des échanges sur la soirée du beaujolais au cours desquels Berthet rappela à Thomas qu'il l'avait ramené chez lui, il en vint à ce qui lui tenait à cœur.

— Tu vois ce type qui ressemble à Marlon Brando, époque *Le Parrain,* qui déjeune parfois au P'tit Bouchon, qui porte des foulards colorés et souvent un pantalon rouge ?

— Hum… Oui… Je vois très bien. Pourquoi ? répondit Thomas en souriant.

— Il s'appelle Rouch, Charles Rouch, il habite à deux rues de chez moi. C'est un grand amateur de bourgogne. Il achète peu, mais très bon et très très cher. Sur mon allocation à la Romanée-Conti, il prend deux ou trois bouteilles par an. Tu vois le calibre… L'autre jour, je lui ai amené une caisse de Dom Pérignon. Il m'a invité à boire un verre, il a ouvert une Substance de Selosse, grand prince, et on a discuté. Très intéressant ce type, très cultivé, il a une bibliothèque immense avec des vieux bouquins que tu dois connaître… Il a une édition originale de Proust, tu te rends compte ! Et ton Italien aussi que t'adores, Fasolini.

— Pasolini.

— Oui, peu importe. C'est un lettré, un érudit…

Berthet marqua une pause, comme s'il venait d'oublier son texte.
— Et donc ? demanda Thomas.
— Ben, il m'a dit... Enfin, il a suggéré... Bon, bref, il préférerait que ce soit toi à l'avenir qui fasse les livraisons chez lui. Je lui ai dit : pourquoi pas ?
Le visage de Thomas se ferma dans une expression de consternation mêlée de stupeur avant qu'il n'éclate de rire.
— Quoi, qu'est-ce que j'ai dit de si drôle ? s'exclama Berthet.
— Rien, rien du tout ! Ce type, ton Rouch, est pédé comme un phoque et tu voudrais que j'aille livrer chez lui parce qu'apparemment tu n'es pas son genre ?
— T'es homophobe maintenant ?
— Non, mais je ne suis pas homosexuel pour autant, et je n'ai pas prévu de le devenir prochainement.
— Qui te parle de ça ?
— Toi. Ou plutôt lui à travers toi. Tu me prends pour un con ou quoi ? Tu crois qu'il veut me voir pour faire une partie de Scrabble ?
— Alors, maintenant, tu vas décider à qui tu livres ou pas ? Tu veux peut-être aussi la religion ou le groupe sanguin de mes clients ? Où on va là ?
— Ne fais pas l'imbécile Robert. Tu sais très bien ce que ce gars a derrière la tête, si je puis dire.
— Il m'achète quinze mille euros de vin par an ! Il a quand même le droit de choisir les modalités de livraison...

— Les modalités de livraison... Elle est bien bonne celle-là. Je les vois d'ici tes modalités de livraison et c'est : non, merci, très peu pour moi.

— Pourquoi imaginer le pire ? Tu lui fais un procès d'intention.

— Oui, mais si je vais livrer chez lui, cela risque bien de se terminer par un vrai procès. Et là, tu seras cité à la barre.

— N'exagère pas, ne monte pas sur tes grands chevaux ! Prends un peu de hauteur, bon sang !

— Prendre de la hauteur... Décidément, tu es dans l'euphémisme, voire la métaphore...

— Tu sais ce que mon père disait tout le temps ?

— Qu'il aurait préféré avoir une fille ?

— Non, il disait que tous les grands hommes ont dû faire un sacrifice à un moment de leur vie...

— Je ne crois pas être un grand homme et, même si c'était le cas, je pense que ce moment n'est pas venu et encore moins avec ton Rouch.

— Très bien, je dirai à Rouch : « Désolé, je bosse avec un jeune qui n'a pas d'ambition... »

— Exactement, en tout cas pas le type d'ambition à laquelle ton copain pense.

— Ça va, n'en parlons plus. Si je perds Rouch, tu pourras chercher des nouveaux clients jour et nuit...

— Ah oui ? Parce que tu crois qu'il va aller acheter ses Romanée-Conti à la supérette ou chez le caviste du coin ?

— Vous les jeunes, on ne peut plus rien vous dire. Attention au retour de bâton ! On ne fait pas toujours ce que l'on veut dans la vie...

Des heures heureuses

Thomas laissa Berthet s'égarer dans des idées générales et des lieux communs qui mirent un terme à la polémique.

— Le 10, on a un salon dans la Loire. On rentrera le dimanche matin ou après-midi selon l'état de fraîcheur, enchaîna-t-il après d'autres considérations sur la jeunesse qui n'était plus ce qu'elle était.

Thomas avait oublié ce rendez-vous et ne l'envisageait pas sans crainte. Ayant déjà participé à plusieurs salons avec son mentor, il savait que ces marathons mettaient le physique à dure épreuve. Entre une vingtaine et une quarantaine de vignerons se retrouvaient autour d'un week-end pour faire goûter aux « professionnels » – cavistes, restaurateurs, agents, négociants, amateurs éclairés triés sur le volet – leurs dernières cuvées.

Le 10 décembre, à huit heures moins deux, Berthet récupéra son employé en bas de chez lui. S'il en était besoin, trois coups de klaxon annoncèrent l'arrivée de la Porsche à Thomas qui attendait sur le trottoir. Des embouteillages ralentirent la sortie de la ville et le conducteur énervé fit une pause à la première station d'autoroute.

— Attends là, j'en ai pour une seconde.

Berthet ouvrit la malle du véhicule, s'affaira quelques secondes derrière la voiture puis se pencha devant le moteur, une plaque minéralogique à la main.

— Qu'est-ce que tu as fait ? Tu as changé les plaques ?

— Bien vu l'artiste ! Tu suis, c'est bien... Ce sont des plaques aimantées, il n'y a qu'à les poser sur les vraies. C'est Déglingue qui m'avait indiqué la combine. On est à la bourre et je n'ai pas envie de me faire emmerder par les radars...

Quatre heures plus tard, ils étaient à Fancy-sur-Loire où, à la sortie du village, sur le domaine d'un vigneron à quelques dizaines de mètres de sa ferme, un chapiteau de fortune abritait une trentaine de vignerons, d'autres étaient attendus le lendemain. Les hôtels et les maisons d'hôtes des environs avaient été pris d'assaut par ces touristes un peu spéciaux, certains avaient prévu de dormir dans leur voiture ou leur camionnette tandis que le vigneron du cru logerait des invités chez lui ou dans les bâtiments de sa ferme. Berthet, lui, n'avait rien prévu.

— T'inquiète, si on est en forme, on repart après le dîner. Sinon, on improvisera...

La journée fut chargée, riche en cuvées dégustées que Thomas, à l'instar de son patron, recensait en notant quelques appréciations sur un carnet. À quatorze heures, ils engouffrèrent des tranches de pain tartinées de pâtés avant de reprendre leur tâche. L'ambiance était à la fois studieuse et bon enfant. Thomas retrouvait des vignerons déjà croisés dans sa ville ou ailleurs. Il y avait Maulin venu en voisin et qui apparemment n'avait pas retrouvé son rat Pompidou, Tilloy toujours aussi gaillard, la charmante

Catherine Comor du Languedoc, le père et le fils Guillon du Beaujolais...

Le soir, Guégan, le vigneron chez lequel avait lieu le salon, avait dressé plusieurs tables dans un hangar du domaine. Certains participants, notamment des cavistes et restaurateurs parisiens ainsi que des vignerons voisins s'étaient éclipsés, mais l'assemblée fédérait encore une soixantaine de convives. Le repas était simple, mais efficace, accompagné d'abondance de vins, surtout en magnums. Thomas était assis à côté d'un vigneron très chevelu et très exalté, chaussé de tongs malgré la saison et portant un tee-shirt rouge sur lequel était inscrit « To Bu or not To Bu ». Il parlait de fermentation malolactique, de volatile et de pH à un caviste parisien barbu et tatoué qui adoptait des mines circonspectes ponctuées de « Mouais... Cool... » tout en avalant goulûment son bœuf bourguignon. Thomas regardait Berthet en train de faire un numéro de charme à Catherine Comor qui souriait à ses bons mots et ses compliments. Arnaud Chapuis, dit Nono, vigneron d'Ardèche, s'était levé pour faire goûter au chevelu en tongs l'une de ses cuvées.

— C'est tendu, c'est propre..., commenta celui-ci après avoir fait tourner le vin dans sa bouche.

— Tu dis ça comme si c'était un défaut, rétorqua Nono.

— Non, non... Mais tu mets combien de soufre ?

— Qu'est-ce qu'on en a à battre ? Je te demande si c'est bon, pas de faire une analyse en laboratoire !

La discussion bascula sur les taux de soufre, le chevelu disait n'en mettre pas le moindre milligramme, Nono objecta qu'avec un peu de soufre ses vins sentiraient peut-être un peu moins la merde. Le ton montait. Thomas profita de l'échange pour se lever et céder sa place à Nono. Il décida d'aller prendre l'air, le briard de Guégan avec lequel il avait fait connaissance dans la journée le suivit. L'énorme clébard était affectueux, mais envahissant, avide de caresses et très fidèle dès lors qu'on lui donnait à manger – facilité à laquelle Thomas avait cédé durant le dîner en lui glissant du pain trempé dans la sauce du bourguignon. Devant le hangar, il tomba sur Maulin, Tilloy et un frisé à lunettes aux airs de dandy, en train de fumer. Les trois hommes avaient attaqué deux magnums de rouge sans étiquettes.

— Va chercher ton verre Tom, ça goûte bien ça ! commanda Maulin.

Thomas obtempéra. Nono, le chevelu et le caviste tatoué rejoints par Guégan s'écharpaient toujours sur les doses de soufre dans le vin. En se faufilant derrière Nono, il récupéra son verre que Maulin remplit généreusement. En effet, c'était bon, très bon même. Thomas accepta une deuxième tournée. L'autre magnum, sans étiquette lui aussi, n'était pas mal non plus. Du gamay sans doute. Ou du pineau d'Aunis, estima Thomas. Le briard jappait. « C'est pas pour toi », dit Thomas en lui grattant la tête. Maulin n'était pas du même avis, dégota une gamelle qu'il remplit de vin et qu'il servit au chien. Visiblement, la boisson était au goût du quadrupède à la grande joie de Maulin qui remit ça.

— Tu gâches, tonna Tilloy, sers-moi plutôt et n'oublie pas le gamin.

Le gamin commençait à avoir la tête qui tournait, le regard qui se brouillait, la parole qui bégayait. Il était temps de se mettre à couvert, mais le dandy frisé brandissait un nouveau magnum d'un pétillant à la couleur orange avec lequel il régala l'assistance. Maulin adorait et fit partager son enthousiasme au briard.

— Depuis novembre, tous les mardis soir, dans une forêt à côté de mon bled, je chasse le chevreuil, s'exclama-t-il.

— Le mardi soir ? Pourquoi le mardi soir ? s'enquit Tilloy.

— Parce qu'il y a *Game of Thrones* sur Canal.

— Et alors ? Les chevreuils n'aiment pas la série et ils sortent boire un coup ?

— Les chevreuils, j'en sais rien. Mais le garde-chasse ne raterait un épisode pour rien au monde... Poum-poum ! J'ai des lunettes de vision nocturne. C'est mon beauf troufion qui a ramené ça d'Afghanistan. Impec pour la chasse !

Thomas avait besoin de marcher et se dirigea vers la ferme de Guégan, à une cinquantaine de mètres de là, dont la façade était éclairée. De la lumière, de la solitude, un peu de silence et rien à boire : cela devrait suffire à se remettre les idées en place. Son pas titubant faisait crisser le gravier, mais des pas plus légers et rapides résonnaient derrière lui. C'était le briard qui, décidément, ne quittait plus son nouvel ami.

— Allez, va-t'en, je n'ai rien à te faire boire moi, va voir les autres, ordonna Thomas d'une voix molle qui ne convainquit pas le canidé.

Le jeune homme se pencha pour prendre une poignée de gravier qu'il envoya au loin en pensant que le chien céderait à cette opération de diversion, mais il trébucha, tomba sur ses genoux et prit appui sur les mains afin de ne pas s'affaler sur le sol. À quatre pattes, il jugea préférable de reprendre ses esprits. Il respirait fort, craignait de vomir, attendit quelques secondes avant de se lever, sentit d'un coup un poids sur son dos et ses épaules tandis qu'une grosse langue chaude lui léchait la joue gauche. Il s'affola, tenta de se dégager, mais la bête pesait lourd, solidement campée sur sa proie. Thomas cria, appela à l'aide tandis que le briard commençait à faire des mouvements du bassin ne laissant guère de doutes sur ses intentions. Incontestablement, il s'agissait d'un mâle, en bonne santé et tenant à le faire savoir. La victime ne parvenant à se libérer de l'étreinte redoubla dans ses appels au secours et le clébard se mit à aboyer sans se détourner de son intention première. Maulin, Tilloy et quelques autres arrivèrent enfin en courant. Thomas se crut libéré jusqu'à ce que des rires éclatent autour de lui.

— Putain, virez ce chien, merde ! supplia-t-il avant de voir ses genoux céder et de s'étaler de tout son long, ce qui ne calma pas les assauts de la bête.

Berthet filmait la scène depuis un moment avec son iPhone et décourageait l'assistance d'interrompre les ébats.
— Attendez, attendez, j'ai presque fini... C'est rien, il mord pas. Il veut jouer...
Guégan arriva à son tour, siffla le chien et lui asséna un coup de pied au derrière qui sonna la fin des amusements.
— J'ai vu du vin dans sa gamelle. Quel est le con qui a fait boire mon chien ?
— Chais pas, maugréa Maulin, ça doit être le gamin, le clebs l'a suivi...
Entouré de Tilloy et Berthet, Thomas se remit debout et de ses émotions.
— Putain, vous auriez pu m'aider, ce chien n'allait pas me lâcher... Et ça... Ça te fait marrer toi, dit Thomas à son patron.
— Je n'avais jamais vu une telle scène. Tu lui as tapé dans l'œil, je suis formel. Fais gaffe, c'est le genre de bestiole : tu lui dis oui une fois, elle te passe la bague au doigt ! ricana Berthet qui amena Thomas dans sa voiture où il s'endormit aussitôt.
Berthet regarda la vidéo de la parade entre Thomas et le briard, avant de la poster sur son compte Facebook et demanda à Guégan s'il avait un lit ou un canapé à disposition pour la nuit. Une heure plus tard, la vidéo était présente sur YouTube et Dailymotion sous des titres variés dont les plus populaires annonçaient « Mec violé par un chien » ou « Briard se tape un type bourré ». À deux heures

DES HEURES HEUREUSES

du matin, à quelques différences près selon les réseaux, les vidéos enregistraient cinq cents vues, deux mille à huit heures, dix mille à dix heures, cinquante mille à midi. Un vrai succès.

XXII

Il était neuf heures quand Thomas se réveilla sur le siège passager de la Porsche de Berthet. Courbaturé, la gorge sèche et brûlante, des fourmis dans les jambes, frigorifié : s'extrayant du véhicule, il fit quelques pas autour de la ferme de Guégan, croisa la femme de celui-ci qui l'invita à prendre un petit-déjeuner dans leur salle à manger où des invités s'étaient attablés autour d'un café fumant, de jus d'orange pressée, de pain grillé, de confitures, de bacon et d'œufs brouillés avant de reprendre la route. À son arrivée, cinq visages se levèrent vers lui et deux types, des jeunes à l'allure de bobos, sourirent. « Aucun souvenir de ces deux cons », songea Thomas en s'asseyant et en assénant un « Bonjour » à la cantonade. Les bobos, tout en trempant des tartines dans leur bol de café, pianotaient sur leurs smartphones.

— Alors petit, ça va mieux qu'hier soir ? demanda le costaud assis à la droite de Thomas qui reconnut Talazac, le John Wayne du beaujolais, aperçu lors de la soirée aux Vendanges Tardives où il vit pour la première fois Zoé.

— Oui, oui... Ça va, merci... J'ai trop bu, et des choses étranges...

— C'est pas mon vin, j'espère, qui t'a mis dans cet état.

— Non, je crois que ce sont les magnums que servait Maulin, il n'y avait pas d'étiquettes. Je ne sais même pas ce que c'était...

— Cherche pas, ça devait être ses picrates. Maulin, c'est un diable. Il fait des cuvées qui rendent fou. Il ne les commercialise pas, bien sûr, mais à l'occasion, il les teste. Un soir, j'ai vu une tablée totalement métamorphosée après en avoir bu. Les femmes se déshabillaient, les hommes en venaient aux mains, c'était n'importe quoi, la grande débauche... Ça peut être dangereux du Maulin.

— Je m'en souviendrai.

Avec son téléphone, un des bobos prit en photo Thomas qui le dévisagea avec une expression lui faisant ranger aussitôt l'engin. Des sifflements qui tentaient maladroitement de reproduire la mélodie de *J'aime les filles* de Jacques Dutronc et d'énergiques bruits de pas dévalant un escalier en bois annoncèrent l'arrivée de Berthet.

— Salut tout le monde, ça gaze ?

Au moins, il est de bon poil, se dit Thomas qui aurait eu du mal à supporter, en plus de sa gueule de bois et de son corps meurtri par la nuit passée dans la voiture, un Berthet au caractère de cochon.

— Ça gaze, oui, mais ça irait mieux si j'étais agent en vins, les plus heureux des hommes. Et les plus riches aussi, répondit Talazac mais le nouveau venu ne fonça pas dans la muleta.

— Et toi Thomas, tu t'es refait la cerise apparemment. C'est ça la jeunesse, une bonne nuit de sommeil et les excès de la veille sont de vieux souvenirs. Veinard va, lâcha-t-il en prenant place à la gauche de Thomas et en lui frictionnant le crâne de la main.

— Une bonne nuit de sommeil ? Tu n'as pas dormi dans ta caisse toi, ça se voit…

— Regardez-moi ce ronchon ! Un vrai sauvage… On ne t'a jamais appris à dire bonjour et à remercier les bons samaritains ? Il reste du café ?

Il en restait, ainsi que du pain grillé auxquels Berthet fit honneur. Mme Guégan fit à nouveau des œufs brouillés et du bacon frit, prépara une salade de fruits sur lesquels il se jeta avec entrain.

— Dis donc Hélène, tu n'aurais pas un pâté ou des rillettes qui traîneraient par hasard ? demanda le glouton pas encore rassasié.

Elle obtempéra tandis que son mari entra dans la cuisine chargé de sacs en papier remplis de viennoiseries encore tièdes.

— Salut et fraternité les amis, dit Guégan.

— Ah ! Notre sauveur ! commenta Berthet en réclamant un croissant ou plutôt une chocolatine, enfin les deux s'il y en avait.

— Dis donc, c'est toi qui as fait boire du vin à mon chien ? s'enquit Guégan en s'adressant à

Thomas. Sa gueule puait l'alcool et il restait un peu de rouge dans sa gamelle...

— Non, mais votre chien m'a attaqué, répondit Thomas.

— C'est ce con de Maulin qui a fait picoler ta bête du Gévaudan, j'ai tout vu, intervint Berthet.

— Je réglerai ça plus tard alors, promit Guégan avec un air mauvais sans savoir que le coupable avait repris la route en pleine nuit pour rejoindre son domaine.

La cuisine s'anima avec l'arrivée progressive de convives qui avaient dormi dans leurs camionnettes ou dans la grange, et d'autres déboulant des quelques chambres mises à disposition par les Guégan. Certains proposèrent un coup de blanc, on élargit le cercle autour de la table, les verres à vin reprirent du service. Le dandy, qui avait trinqué avec Maulin et Thomas la veille, devisait en gloussant avec un grand escogriffe, caviste parisien de son état et prototype du beauf branché. Les deux étaient penchés sur leurs iPhone et s'esclaffaient.

— T'es une vraie star maintenant, la vedette des réseaux sociaux ! ricana le dandy en toisant Thomas.

— Tu dois me prendre pour quelqu'un d'autre. Je n'utilise pas ces conneries...

— Regarde plutôt, asséna-t-il, fier de son effet, en lui tendant son téléphone.

Les démêlés du jeune homme avec le briard filmés par Berthet s'étaient répandus comme de la poudre. Grâce aux angles choisis, la tentative de copulation de l'animal sur sa proie non consentante possédait un certain relief. Les commentaires graveleux s'accumulaient sur les réseaux sociaux.

— T'es déjà à quatre-vingt mille vues sur YouTube alors que la vidéo n'a été postée qu'à une heure du matin et sur Facebook aussi tu fais un tabac, commenta le caviste.

Les autres demandèrent à voir la séquence, Berthet consulta aussitôt son compte Facebook et constata en effet que son petit film était très populaire. Les « like » avaient afflué et la vidéo avait été massivement partagée.

— C'est toi qui as fait ça espèce de con ! s'exclama Thomas en se tournant vers son patron.

Talazac dut contenir de ses bras musclés l'assaut de la nouvelle vedette des réseaux sociaux sur Berthet.

— Je l'ai juste mise sur Facebook, je trouvais ça marrant, c'est tout...

Une dizaine de minutes plus tard, Thomas s'était calmé. Plus exactement, une rage froide avait remplacé l'envie d'étrangler Berthet. « On rentre, tu me ramènes », ordonna-t-il d'une voix blanche. Les adieux aux Guégan et aux autres furent brefs, le retour en voiture glacial. Berthet faisait profil bas. Avant de partir, Thomas avait pris à part Mme Guégan qui revint avec des ciseaux et une tondeuse. De fait, c'est un Thomas le crâne ras dépourvu de ses beaux cheveux mi-longs qui prit place dans la Boxster.

— C'est quoi ce look ? osa néanmoins Berthet, après un long silence, alors que la voiture s'apprêtait à quitter la départementale pour l'autoroute.

— C'est quoi ? Avec tes gros plans sur ma gueule, tu m'as rendu presque plus célèbre que n'importe quelle starlette de la télé, abruti ! Cent mille cons avaient déjà vu ce truc tout à l'heure. Tu imagines ce que va être ce soir, demain, après-demain ? Ça te plairait d'être reconnu comme le mec bourré violé par un chien ?

Il n'y eut plus d'autres échanges entre les deux hommes durant le trajet jusqu'à la sortie de l'autoroute, à une vingtaine de kilomètres de la ville que Thomas avait hâte de retrouver en espérant que, là-bas, le sentiment de honte se dilue.

Au péage, Berthet avait perdu le ticket, le retrouva, puis chercha sa carte bleue. Par chance, il était à un guichet non automatisé et l'employé, qui faisait preuve de patience, orientait d'un geste du bras les automobilistes les plus pressés vers d'autres guichets. Le type complimenta Berthet sur sa voiture, se pencha, se demanda qui accompagnait l'heureux propriétaire du bolide. Il fut surpris, attendait un autre profil, se pencha encore pour mieux voir le passager.

— Je vous connais, vous…, lança-t-il au crâne rasé. C'est vous le type avec le chien, je vous ai vu sur Internet ! cria-t-il comme s'il venait de gagner quelque chose.

Berthet récupéra le ticket et appuya sur l'accélérateur, ce qui ne suffit à apaiser la colère du passager.

— Je suis humilié ! Humilié ! T'es vraiment un connard ! Un gros connard, un connard de compétition...

Arrivé devant chez lui, il sortit du véhicule en claquant la porte avec deux idées en tête : dormir, puis ne plus jamais revoir Berthet. La première fut aussitôt mise à exécution. Thomas se réveilla à dix-sept heures et redécouvrit son nouveau visage, qu'il avait oublié durant son sommeil, devant le miroir de l'armoire. La coupe n'était pas très professionnelle, mais elle pouvait passer pour une nouvelle mode capillaire. D'autres coiffures plus ridicules encore, comme celle consistant à ne se raser qu'un côté du crâne, étaient tendance, se dit Thomas pour se rassurer. Un coiffeur pourrait harmoniser l'ensemble tandis que des lunettes noires et un bonnet permettraient de passer incognito les prochains jours avant qu'une autre vidéo débile ne fasse oublier celle dont il était le héros involontaire. Par chance, Zoé ne fréquentait pas les réseaux sociaux et un petit mensonge, invoquant un pari perdu pour justifier le sacrifice de ses cheveux, lui épargnerait la honte de devoir avouer la raison de son geste. Lorsqu'il la revit le lendemain, elle fut évidemment surprise, mais se contenta de la version de Thomas affirmant qu'un pari sur le nom du réalisateur du film *Sideways* était la cause de sa tonsure.

— Vous avez vraiment de drôles de jeux avec tes copains. En même temps, cela ne te va pas si mal... Il faut juste que je m'habitue et attendre quelques jours. Là, vois-tu, j'aurais la sensation de tromper le Thomas que je connaissais avec quelqu'un d'autre, ajouta-t-elle dans un sourire mutin.

— Arrête, tu ne pourras pas résister si longtemps. Avoue que j'ai l'air beaucoup plus viril avec cette nouvelle coupe...

Elle avoua, l'embrassa et lui fit oublier les dernières heures.

Thomas envisagea d'arrêter de travailler pour Berthet. Il ne lui dirait rien, ne répondrait à aucun de ses appels ni de ses messages. Le silence vaudrait lettre de démission. De toute façon, il n'attendait pas d'indemnités. L'ignorer serait la meilleure vengeance. Ce type était vraiment un sale con immature, un beauf doté d'un mauvais esprit. Le mois de décembre était entamé et Berthet se débrouillerait tout seul avec les livraisons chez les particuliers, la préparation des caisses pour les commandes d'entreprises et leurs cadeaux de fin d'année, le renouvellement des stocks des restaurants pris au dépourvu... Zoé devait passer trois jours à Paris afin de rencontrer d'éventuels clients, dont une chaîne de boutiques de prêt-à-porter, intéressés par ses services et susceptibles de lui confier la réalisation de photographies ici pour un catalogue, là pour un site Internet. Ils se retrouveraient vendredi et partiraient jusqu'au lundi à Bilbao et Saint-Sébastien.

XXIII

Au Pays basque, il pleuvait et il faisait très froid. Zoé était radieuse. Le contrat avec la chaîne de boutiques était conclu, les autres contacts s'annonçaient prometteurs. Au Guggenheim de Bilbao, ils rirent aux éclats. Finalement, il n'était pas surprenant qu'un musée à l'architecture aussi impressionnante n'accouche que d'une petite souris. C'était même dans la nature des choses. Ils prirent plus de plaisir dans des restaurants dispensant une cuisine inspirée, assise sur un territoire sans négliger les apports lointains. Les établissements étoilés coûtaient presque deux fois moins cher que dans l'Hexagone, les cartes des vins proposaient des flacons au tarif des cavistes français sans le terrible coefficient multiplicateur qui décourageait les amateurs de bonnes bouteilles. Il fallut tout de même rentrer après avoir regardé une dernière fois les grosses vagues de l'Océan s'abattant sur Saint-Sébastien.

À seize heures, Thomas déposa Zoé chez elle où l'attendait du travail, elle le rappellerait plus tard pour voir ce qu'ils feraient de leur soirée. Désormais libre de son temps, Thomas se promena en ville, alla acheter des journaux rue du Poids-de-l'Huile qu'il parcourut en buvant un chocolat chaud au Florida, ce grand café qui semblait ne pas avoir changé depuis des décennies. En levant la tête de *L'Équipe*, il crut reconnaître à une table en face de lui un jeune Maghrébin de son âge qu'il avait croisé dans la ville durant des années, peut-être de l'âge de dix ans jusqu'à ses études supérieures. Non, ce n'était pas lui et Thomas se rendit compte qu'il n'avait plus vu ce garçon depuis longtemps, au moins deux ans, alors que de la Fnac aux alentours de la fac de droit en passant par la rue Alsace-Lorraine ou la place Jeanne-d'Arc il n'avait eu de cesse de l'apercevoir. Il se souvenait encore de lui au zinc du Why Not où il buvait des cafés en se tenant très droit. Il avait l'air d'un vrai gentil avec une douceur un peu triste dans les yeux, une timidité qui pouvait recouvrir une sorte de crainte, un côté chien battu cachant ses plaies avec dignité. Avait-il eu à souffrir de sa peau basanée ? Thomas détestait autant les antiracistes qui se sentaient obligés de proclamer leurs bons sentiments, ce qui lui paraissait louche, que les rires gras de ceux qui se moquaient des bougnouls, des bicots, des melons, des crouilles, comme le connard que Berthet avait été à deux doigts de démolir lors du dîner chez les bourgeois... Il espérait que cet inconnu n'avait pas eu à trop subir la condescendance des premiers et la bêtise des seconds. Ce garçon lui manquait, découvrit-il avec stupeur. Par timidité, il n'avait jamais osé l'aborder pendant toutes ces années afin d'échanger quelques mots, car il pensait que de toute façon l'occasion se reproduirait, et maintenant qu'il semblait avoir quitté son champ de vision, il en ressentait une étrange tristesse, un pincement au cœur inexplicable. Pourquoi avait-il le sentiment d'avoir perdu par sa seule négligence un être cher ? Il en revenait au visage du jeune homme qui reflétait une bonté naturelle, une retenue, quelque chose de blessé avec discrétion. Ils auraient pu être amis.

D'autres profils se faisaient remarquer par leur outrance ou leur singularité. Parmi la petite population d'originaux et de marginaux faisant l'identité de la cité, la petite dame chétive âgée d'une soixantaine d'années qui mendiait, assise par terre en général, dans un petit périmètre comprenant les rues plus bourgeoises de la ville, était sans conteste l'une des personnes les plus frappantes. Elle interpellait les passants en chuchotant afin de quémander un ou deux euros – demande qu'elle accompagnait le plus souvent de quelques conseils diététiques, sanitaires et spirituels assénés telles des bénédictions : manger six fruits et légumes par jour, boire du jus de citron, ne pas fumer ni boire d'alcool, faire trois prières par jour, ne pas mentir devant Dieu… Cependant, elle était plus célèbre auprès des passants et des habitants du centre-ville pour ses imprécations lâchées à tue-tête qui surprenaient les non-initiés. Arpentant alors les pavés d'un pas très rapide, rythme effréné interrompu par moments par des positions d'arrêt, la gentille mamie se métamorphosait et hurlait aussi bien des recommandations (la consommation de fruits et de légumes ainsi que de jus de citron revenait sur un ton bien plus comminatoire que dans le registre de la mendicité) que des sentences marquées par un ton apocalyptique condamnant aux plus funestes destins des populations mais également des personnalités. Ainsi, deux présidents de la République – Jacques Chirac et Nicolas Sarkozy – étaient selon elle promis à brûler dans les flammes de l'enfer. Il ne fallait pas pour autant conclure hâtivement que la dame était une militante de gauche ou plus généralement l'adepte d'un humanisme bien-pensant. Car elle hurlait par ailleurs que les musulmans étaient des créatures du Diable et que, par conséquent, ils subiraient une punition divine – caractère « divin » du moins d'un point de vue catholique que l'on pouvait relier à l'esprit des plus sévères croisades. Des invocations du petit Jésus et du bon Dieu achevaient de participer à l'aspect grandiose du mélange. « La folle qui crie dans les rues » – ainsi que de brèves séquences filmées par des passants sur leurs téléphones portables et diffusées sur YouTube la nommèrent – était devenue un personnage de la ville.

Thomas avait pris l'habitude de lui donner quelques pièces lorsqu'il la voyait rue Croix-Baragnon assise à côté d'une pâtisserie chic ou d'une boutique de luxe. En guise de remerciement, elle lui prodiguait ses traditionnels conseils et le jeune homme acquiesçait silencieusement. Les rapports étaient moins pacifiques avec d'autres passants qui n'approuvaient pas ses tirades sur les musulmans ou plus simplement son hystérie. Loin de l'apaiser, les appels au calme ou les admonestations décuplaient sa fureur et sa voix suraiguë pouvait alors résonner sur une centaine de mètres. Un jour d'été, alors que Thomas relisait sur la terrasse du Sylène des extraits de *L'Horizon chimérique*, la vieille dame s'approcha de sa table sans qu'il ne la voie. Quand elle fut devant lui, elle ne mendia pas, mais le fixa de son regard possédé en disant doucement et distinctement : « Ça va mal finir... Ça va mal finir... » Puis, elle s'éclipsa en trottinant. Thomas avait entendu de sa part des prédictions plus dramatiques. Néanmoins, celle-ci distilla en lui une inquiétude sourde, inquiétude d'autant plus prégnante que la mauvaise augure était dénuée apparemment de la moindre raison objective. Pourquoi donc cela finirait mal ?

Bien que solitaire, Thomas avait besoin de ces silhouettes et de ces visages d'inconnus devenus familiers au fil des ans, figurants d'un théâtre qui était celui de son existence. Finissant son chocolat, il répertoria mentalement quelques-unes de ces présences récurrentes : une trentenaire brune à la peau très blanche portant toujours de grosses lunettes noires qui semblait sortir d'un film noir hollywoodien des années 1940, une autre un peu plus âgée coiffée à la garçonne et aux yeux d'un bleu perçant,

Des heures heureuses

le gros clochard barbu de la rue Raymond IV qui se tenait imperturbablement debout le jour comme la nuit, le sosie de Houellebecq avec son éternel sac en plastique contenant livres et journaux, la jeune fille très mince aux paupières lourdes parcourant à petits pas pressés la rue Rémusat ou la place du Capitole... Thomas aimait que ces gens passent et repassent devant lui. L'étroite géographie d'une grosse ville de province, lasse tel un chat repu, pouvait transformer certains de ses habitants en chevaux d'un manège tournant sans cesse devant des spectateurs ravis. Comme dans certains films de Fellini, on avait alors l'impression que rien ne changeait sauf le temps transformant les décors et les êtres en pâles copies de ce qu'ils étaient la veille. Mais si ces rendez-vous programmés disparaissaient, que resterait-il de toute cette humanité ? Qui s'en souviendrait ? Qui perpétuerait leur souvenir ?

D'autres fois, il suffisait à Thomas d'une seule vision pour être sidéré et ne jamais l'oublier. Ainsi cette jeune fille trois ans plus tôt, vue elle aussi au Why Not, auréolée d'une grâce enfantine, d'une beauté sans ostentation dénuée des attributs et des vanités de la séduction, si naturelle qu'elle en devenait surnaturelle. Au début de l'été, devant la cathédrale Saint-Étienne, Thomas avait croisé un homme sur un fauteuil roulant dont la tête dodelinait. Une dizaine de mètres avant d'arriver à son niveau, il remarqua d'abord ses jambes recouvertes d'un bermuda laissant découvrir des tibias aussi minces qu'une ficelle de pain. Avait-il vingt-cinq ans, trente ans, quarante ans ? Difficile à dire tant sa maigreur et ses cheveux ras abolissaient les âges. Quand il fut devant lui, il vit le visage du rachitique lui sourire avec béatitude tandis que le jeune garçon qui poussait le fauteuil caressa doucement d'une main son crâne. Une lumière et une quiétude rares irradiaient de lui et venaient de loin. En outre, il y avait tant d'amour dans le geste de l'accompagnateur que Thomas en fut bouleversé, traversé par la certitude d'appartenir à quelque chose qui le dépassait. Si Dieu existait, ce que Thomas se plaisait à croire, avec vingt-quatre heures de doute moins quelques secondes d'espérance par jour, alors cet homme joyeux comme un enfant et cloué sur son fauteuil en était une preuve.

Il faisait nuit maintenant devant le Florida. Malgré Zoé, Thomas se sentait seul, avait besoin de présence humaine. Tous ces gens qu'il avait convoqués dans ses pensées lui manquaient. Berthet aussi lui manquait. Il fallait bien l'avouer. Ce con, ce matamore. Cela faisait exactement huit jours qu'il ne l'avait plus vu ni entendu. Son ex-patron l'avait appelé à quatre reprises sans laisser de message. D'après Garcia que Thomas avait croisé au marché Victor-Hugo quatre jours avant, il n'avait pas bonne mine, masquait mal une tristesse inhabituelle. « Vous allez pas vous faire la gueule pour cette histoire de vidéo sur YouTube ? Passe l'éponge et appelle-le », dit le patron du P'tit Bouchon à Thomas. En sortant du Florida, Thomas lui envoya un SMS lapidaire : « On boit un coup ? » La réponse fut quasi immédiate : « OK, au Comptoir de Bacchus ? Je dois livrer d'ici une heure. » Thomas avait entendu parler de ce nouveau bar à vins restaurant dont le patron était un vieil ami de Berthet. Il appela Zoé à laquelle il avait caché sa brouille avec Berthet et lui dit qu'il devait livrer un nouvel établissement en compagnie de ce dernier, qu'ils dîneraient sans doute là-bas dans la foulée. Ce n'était pas grave car du travail l'attendait elle aussi, répondit-elle en le couvrant de baisers virtuels. Thomas prit quelques-unes de ses rues préférées pour se rendre au Comptoir de Bacchus.

Quand il en poussa la porte, Thomas vit Berthet, accoudé à l'immense zinc en forme de U qui occupait le centre de la salle, en train de parler avec un grand type qui essuyait des verres derrière le comptoir.

— Salut Thomas, ça va ? s'enquit Berthet.

— Oui, impec, répondit-il en serrant la main qu'il lui tendait.

— Doudou, je te présente Thomas ; Thomas, Doudou...

Le patron du Comptoir, qui en ce lundi soir n'avait attiré qu'un couple sirotant deux verres de rouge en picorant dans une assiette de jambon, lui demanda ce qu'il voulait boire.

— La même chose, s'il vous plaît, indiqua Thomas en désignant le verre de blanc de Berthet.

— Alors, quoi de neuf ? dit ce dernier dans une tentative de *briser la glace*, cliché que l'on nous pardonnera d'utiliser tant il saisit parfaitement la situation.

— Pas grand-chose, j'étais au Pays basque, en Espagne, depuis samedi. Je viens de rentrer...

Un verre de blanc fut posé devant Thomas avec une petite assiette de croquettes au jambon tandis que le patron se dirigeait vers l'ordinateur programmant la musique.

— Merci... Dis donc, c'est quoi le nom de ton copain ? demanda Thomas un ton plus bas.

— Doudou..., répondit en souriant le patron à la place de Berthet.

Ledit Doudou dégageait une indolence sympathique. Grand, mince, la quarantaine lorgnant sur la cinquantaine : on devinait qu'il avait déjà beaucoup vécu sans que les événements ne lui aient ôté cette manière de détachement rassurant.

— Attends, on va boire un truc marrant, annonça Berthet en commandant une bouteille d'Apesanteur à Doudou.

Thomas reconnut le mousseux rosé de Besnard. Avec l'aide de Doudou, la bouteille fut descendue en une demi-heure. Berthet réclama un blanc de chez Valette qui goûtait très bien. La soif aiguisant la faim, le patron alla en cuisine commander des tapas. Petites brochettes de porc au piment d'Espelette, rognons de veau et sauce aux herbes, gambas à l'ail, boudin noir aux pommes sur un toast, carpaccio de

Saint-Jacques au vinaigre celtique : l'atmosphère se réchauffa aussitôt.

— Je vais ouvrir une bouteille de rouge, on ne peut pas boire que du blanc avec ça, avisa Doudou avec bon sens.

— Bon, excuse-moi pour l'autre jour avec ce film. J'aurais pas dû... Je suis désolé.

Berthet s'excusant : le spectacle était trop rare pour ne pas être savouré, plaisir auquel Thomas céda en restant silencieux une dizaine de secondes et en plantant son regard dans celui qui était son ancien et son futur patron.

— C'est bon, y a pas mort d'homme. Je l'ai mal pris sur le coup, mais j'ai envie de continuer de bosser avec toi.

— Ravi de l'entendre gamin, je trouvais ta bouderie exagérée...

Thomas commençait déjà à regretter d'avoir rendu les armes aussi vite. La bouteille amenée par Doudou chassa ses remords : un Clos de Bèze 2009 du domaine Prieuré-Roch.

— C'est ma tournée les gars, lança-t-il avec l'approbation de ses deux convives.

— Tu te fous pas de nous, Doudou ! s'exclama Berthet.

— J'ai ouvert vendredi, faut fêter ça.

La bouteille de bourgogne puis sa petite sœur du millésime suivant portèrent à la réconciliation et aux confessions entre le patron et son employé.

— Et ta copine, quand est-ce que tu nous la présentes ? T'as honte ou quoi ?

— Honte, sûrement pas... Au contraire...

— Ça, je m'en doutais, je te demandais si tu avais honte de tes amis, de Garcia, du Clup, de moi...

— Non, ce n'est pas ça, mais comment dire... Quand je suis avec elle, je n'ai envie de voir personne d'autre et que je crois que c'est la même chose pour elle. Ce vieux dicton, qui dit que pour vivre heureux il faut vivre caché, j'y crois un peu finalement. C'est peut-être idiot mais...

— Non, tu as raison. Tu sais, j'ai eu... Non, ce n'est pas ça. J'ai été aimé par la plus douce, la plus généreuse, la plus belle des femmes. Et tout a foiré à cause de moi. J'ai été un gros con. Peut-être parce que j'ai senti que je n'étais pas digne de tout cet amour. Enfin, je préfère me dire cela. C'est moins pathétique. Tu vois, le genre de mec qui se retire pour ne pas causer plus de dégâts plus tard... Mais je crois que j'ai été trop con, trop fier, trop lourd, trop sûr de moi... Tu me connais... Aujourd'hui, j'espère toujours un coup de fil ou un SMS qui pourrait sans doute renouer les liens entre nous, car elle m'aimait éperdument. Et chaque jour qui passe rend cette hypothèse un peu plus irréelle.

— T'es un type bien au fond, tu as plein de qualités, tu m'as appris beaucoup de choses et pas seulement dans le vin. Je suis heureux de t'avoir rencontré, tu sais..., avoua Thomas alors que

Doudou dormait maintenant affalé sur un morceau de comptoir non loin de la caisse.

— Je te dirais bien que je t'aime comme un frère, mais je ne peux pas blairer mon frère..., lâcha Berthet.

— Vu notre différence d'âge, tu pourrais dire que tu m'aimes comme un père.

— Mon père n'a jamais pu me saquer.

— Je vois. Bon, faudrait rentrer maintenant, non ? Qu'est-ce qu'on fait de Doudou ?

XXIV

Noël et le jour de l'an se rapprochaient avec leurs lampions, leurs foules chargées de paquets dans les rues et leurs files d'attente dans les boutiques. L'injonction à consommer battait son plein, les pauvres restaient discrets ou bien contractaient des crédits. Des membres du Secours populaire faisaient entendre leurs cloches, des mendiants espéraient quelques pièces supplémentaires. Jusqu'à la dernière minute, on achetait de tout, parfois dans le désordre et l'improvisation. Thomas céda à ces facilités tant le travail de livraison imposait son flux tendu. Il dut attendre le 24 décembre dans l'après-midi pour souffler enfin. Le soir, chez ses parents, il fut rapidement ivre de fatigue et d'alcool. Le lendemain matin, il ne se souvenait que de bribes de la soirée : ses sœurs joyeuses, un rouge de Besnard délicieux et sanguin, une discussion animée avec son père qui lui enjoignit de s'inscrire sur les listes électorales en vue de la présidentielle...

— Tu dois voter, ne serait-ce qu'au nom des millions de gens qui sont morts pour la démocratie.

— Tu sais papa, des millions de gens sont morts aussi pour l'avènement du communisme ou du nazisme. Je ne me sens pas redevable pour autant...

La tension retomba avec l'arrivée du chapon et l'ouverture d'une cuvée rare de Maulin, l'une des dangereuses selon Talazac, que Thomas avait envie de faire découvrir aux siens.

Trois jours plus tard, Thomas et Zoé fêtèrent leur Noël décalé en tête à tête puis réitérèrent l'exercice le soir du 31 décembre avec l'objectif de se coucher peu avant minuit. Alors qu'ils venaient d'achever des ris de veau aux morilles et à la truffe, Zoé lui raconta l'étrange histoire d'un architecte en vue qu'elle avait photographié pour les besoins d'un hebdomadaire environ deux ans auparavant. Elle avait été alors frappée par la douceur un peu triste que dégageait ce quadragénaire approchant du demi-siècle. Mince, les cheveux grisonnants, mais avec l'allure encore juvénile qu'arboraient certains de sa génération, il lui avait donné le sentiment d'appartenir – en dépit de sa discrète mélancolie – aux heureux de ce monde. Or, Zoé venait d'apprendre par une amie l'épreuve qu'avait affrontée cet homme. Peu après qu'elle l'a photographié, on lui avait diagnostiqué une leucémie ne lui laissant que six à huit mois à vivre. Stoïque, le condamné avait mis à profit ce sursis pour préparer les siens – sa femme, leurs deux enfants, un garçon et une fille âgée de quinze et de dix-sept ans – à

Des heures heureuses

l'échéance, si tant est que l'on puisse « préparer » les gens que l'on aime à une telle perspective. Il fit de même avec ses deux associés du cabinet d'architecture, renommé dans la ville et au-delà, qu'ils avaient créé vingt ans avant et auxquels il vendit ses parts. Bref, il s'était disposé le plus rationnellement à faire face à son peu d'avenir. Cependant, un jour, un examen de routine révéla qu'il ne souffrait que d'une sorte d'ulcère faussant les résultats sanguins et ayant entraîné une erreur de diagnostic : il n'était plus promis à une mort prochaine, du moins pas à celle à laquelle il se pensait condamné. La vie pouvait reprendre son cours, mais l'homme fut désarçonné par ce supplément d'existence qu'on lui offrait alors qu'il s'était fait à l'idée de disparaître d'ici quelques semaines ou quelques mois. À peu près n'importe quel individu, auquel on aurait exposé la situation, se serait imaginé, à la place du miraculé, fêtant dès lors son retour parmi les vivants. Chez lui, la nouvelle de cette vie retrouvée le plongea aussitôt dans un abattement et un sentiment d'inutilité peu compréhensibles par le commun des mortels. Il quitta le domicile familial et s'installa dans une chambre d'hôtel du centre-ville, à environ un kilomètre de chez lui, dont il s'efforça de sortir le moins possible. Il ne répondait plus au téléphone, envoyait de rares et lapidaires textos à son épouse, cantonnait ses échanges avec les autres humains au strict minimum et toléra uniquement, au bout de quelques semaines, les visites d'un vieil ami qui réussit à le convaincre de partager avec lui des promenades dans la ville. Peu à peu, cet ami le ramena à un semblant de vie sociale. Après plusieurs mois de « retraite », l'architecte rentra chez lui au grand soulagement des siens. Ils eurent à peine le temps de goûter ce bonheur des retrouvailles qu'il fut frappé par une maladie foudroyante qui l'emporta en moins de deux mois. Cette fois, il n'y avait pas d'erreur de diagnostic. D'après le récit de l'amie de Zoé, qui le tenait du meilleur ami du malade, il n'eut vraisemblablement pas conscience de la mort qui s'approchait, alternant périodes de coma et antidouleurs le plongeant dans un état loin de la réalité. Thomas avait écouté en silence.

— C'est dingue, se contenta-t-il de dire quand Zoé eut terminé.

— Oui, et cela peut paraître bête ou très banal, mais je crois que ce qu'il faut en retenir, c'est de profiter de chaque instant, de chaque journée comme s'il s'agissait de la dernière. Non pas que nous disparaissions totalement après notre dernier souffle sur terre. Nous continuerons à exister dans les souvenirs des vivants et ailleurs. Pour autant, il s'agit de profiter de notre vie terrestre, de ne se plaindre de rien qui ne soit pas tragique, de ne jamais oublier de dire notre amour, de toujours donner le meilleur de soi…

Curieusement, cette histoire ne quitta pas l'esprit de Thomas les jours et les semaines suivantes. Non comme une obsession, plutôt à la façon de visions ou de pensées fugaces s'invitant de temps en temps.

Hypocondriaque par nature, se reconnaissant parfaitement dans ce personnage d'un film de Woody Allen persuadé d'avoir un cancer à cause d'une tache de café sur sa chemise, il avait adopté une stratégie bannissant de son horizon mental toute idée de maladie même si la moindre douleur ou la plus petite gêne suffisait à lui faire élaborer les pires scénarios. Paranoïa et déni se complétaient assez bien. En pensant à cet architecte, Thomas ne tentait pas d'imaginer quelles auraient été ses réactions dans ce cas de figure : annonce d'une mort prochaine et survie inattendue. Il songeait à la douleur des proches, à la postérité du disparu, à la vie et à la présence que les morts gagnaient dans la mémoire des vivants...

Quand il narra à son tour l'incroyable destin de cet homme à Berthet, celui-ci hocha la tête avec une moue dubitative.

— Ouais, c'est moche... Enfin, moi je ne juge pas, mais au départ il devait avoir un grain ce type. Se barrer de chez lui et faire le moine pendant des mois dans une piaule : faut avoir un pet au ciboulot, non ?

Thomas ne répondit pas et pensa à la sentence qu'assénait souvent Garcia : « Avec Berthet, on n'est jamais déçu... »

— Bon, à part ça, j'ai une bonne nouvelle, reprit Berthet. Début mars, je t'emmène dans le saint des saints, au paradis des buveurs. Tu vas découvrir la terre promise, l'Éden, le Graal... On va à la Romanée-Conti ! C'est pas grand ça ? Alors, on dit quoi gamin ?

Depuis plusieurs années, Berthet était de ceux ayant le très rare privilège d'être titulaire d'une allocation qui permettait d'acheter un lot de treize bouteilles des grands crus de la Côte de Nuits parmi lesquelles l'une de la plus mythique appellation donnant son nom au domaine. Thomas savait que le prix d'une bouteille de Romanée-Conti pouvait dépasser, selon les millésimes, cinq mille voire dix mille euros, mais plus que la valeur marchande de ce vin, il était excité à l'idée de découvrir les paysages, les vignes, le chai, la cave où il était conçu et conservé. Boire quelques centilitres du si convoité nectar ou d'un autre grand cru du domaine serait peut-être une faveur supplémentaire même si l'honneur de visiter un lieu pareil lui suffisait. Il remercia Berthet de sa promesse qui, fier de son effet, levait le menton un peu à la manière ridicule de Mussolini dans des images d'archives.

En attendant, des réalités moins grandioses dictaient le quotidien. Il fallait supporter un lot de fâcheux et de pédants, y compris là où on ne les attendait pas. Ainsi lors d'un passage à La Belle Équipe d'Aziz pour faire goûter au chef et patron de l'établissement quelques nouvelles cuvées qui venaient d'arriver. Aziz était un garçon charmant, qui n'avait pas trente ans et dont la franchise bonhomme assurait les meilleures relations tant professionnelles qu'amicales. Le rendez-vous était pris à quinze heures, à la fin du service. Berthet et Thomas s'installèrent à une table pour quatre en sortant les bouteilles protégées par des chaussettes réfrigérantes destinées à les maintenir à une température idéale. Hélés par Berthet, deux jeunes types, qui avaient déjeuné à une table voisine et qui compulsaient maintenant leurs smartphones avec une frénésie de maniaque et une satisfaction partagée, se joignirent à la dégustation. Thomas reconnut le sommelier et le serveur d'un restaurant qu'approvisionnait également son patron. Il croisait souvent le serveur, presque jamais le sommelier sinon dans le restaurant où il officiait, Le Terroir, une table assez prétentieuse et inégale. Bien que n'étant pas âgé de plus de vingt-trois ou vingt-quatre ans, le sommelier affichait sur son visage un masque d'ennui mâtiné de morgue – sentiments en général plutôt exprimés chez des êtres tristement blasés par l'expérience et la vie. Il ne regardait pas ou peu dans les yeux en parlant, comme si poser son regard sur autrui était une faveur exorbitante. Ne portant pas de barbe ni de tatouages sur les avant-bras – à l'inverse de tant de patrons de restaurants ou de bars à vins, de sommeliers, de cavistes sévissant au sein du monde du vin naturel en général et plus précisément dans ses temples autoproclamés de Paris –, il dégageait cependant ce mépris et cette condescendance qui demeuraient les meilleurs signaux pour repérer les adeptes les plus obtus et intolérants de la secte « naturiste ». Thomas tenta quelques échanges avec le sommelier qui annonçait clairement sa préférence pour les deux vins les plus instables, les moins « en place », comme l'on disait quand on ne voulait pas condamner des jus qui révéleraient éventuellement plus tard leurs vertus, mais qui étaient incontestablement en l'état impropres à la consommation. Thomas évoqua sa prochaine visite au domaine de la Romanée-Conti grâce à Berthet et son interlocuteur répliqua aussitôt qu'il trouvait les vins du « DRC » – acronyme usité par les initiés – trop puissants, trop fruités, pas assez subtils, qu'il préférait de loin les bourgognes d'un domaine anecdotique très prisé des intégristes du nature. Cet olibrius était décidément une caricature des précieux ridicules qu'avait engendrés la contre-révolution des vins naturels. Le vin, ils le connaissaient mieux que les vignerons, mieux que tous les passionnés ayant dégusté des milliers de bouteilles pendant des décennies, mieux que toutes les générations les ayant précédés. À les écouter, on pouvait même se demander comment l'humanité avait réussi à boire avant l'arrivée sur terre de cette élite éclairée. L'humilité de l'artisan leur était étrangère, tout autant que le talent ou la folie de l'artiste. Eux discouraient, paraissaient, se mettaient en scène ou en images sur des réseaux sociaux, achetaient, vendaient, demeuraient à la surface du sensible, du vécu.

Au-delà de quelques clichés et d'opinions tranchées qui avaient valeur, croyaient-ils, d'esthétique et de goût singulier, leur approche du vin se révélait parfois très superficielle, théorique, dogmatique, débarrassée du concret et du réel. Ils n'étaient que des perroquets récitant un catéchisme, des idéologues brandissant leur profession de foi, les parfaits miroirs inversés et marginaux des propagandistes – pour le coup hégémoniques – du vin industriel obéissant aux conventions dictées par l'agrochimie et l'œnologie moderne. Il fallait les croire, s'agenouiller devant leur science. Or, Thomas préférait le doute, le goût et ses hésitations, le patient apprentissage et l'éducation du palais libre de tout a priori, l'erreur, le tâtonnement, le braconnage... Le vin, selon lui, ne tolérait nulle école, nul cahier des charges en dehors des principes de base tournant le dos à l'agrochimie, aux trucages, aux levures artificielles, aux doses de soufre massives, aux pesticides, aux herbicides, à toutes les saloperies qui permettaient de transformer le sang de la terre en un produit frelaté.

Le sommelier sortit devant La Belle Équipe pour fumer une cigarette qu'il s'était roulée. Thomas le rejoignit. Pour sa part, il n'avait pas recraché les échantillons goûtés avec Aziz.

— Hé, ducon..., lança Thomas.

Ducon se retourna et reçut une droite au menton qui le fit vaciller puis tomber sur le trottoir.

— T'y connais rien en vin, alors ferme ta grande gueule.

Une brève empoignade suivit, Berthet et Aziz sortirent de La Belle Équipe rejoints par le collègue du sommelier. La victime, chétive, se contenta de riposter par quelques invectives tandis que son copain, plus petit que lui et aussi maigrichon, ne semblait pas vouloir répondre à l'agression sur le terrain de l'affrontement physique.

— Non, mais il est dingue ce connard ! Un vrai malade ! s'indignait le sommelier en quittant les lieux avec le serveur.

— Super, merci. J'ai l'impression que je vais devoir attendre pour vendre du vin au Terroir grâce à toi. Bravo champion… Tu veux te reconvertir dans la boxe ou le free-fight ? maugréa Berthet à l'adresse de son employé.

Aziz ne reconnaissait pas le doux et poli Thomas : « Qu'est-ce qui t'a pris ? Une mandale, comme ça, sans explication ni avertissement ? »

— Je ne sais pas… L'énervement… La colère…, balbutia Thomas, maintenant penaud.

Berthet éclata de rire et donna son absolution au pécheur presque repentant.

— Je déconne ! T'as bien fait gamin. Moi non plus, je ne le supporte pas ce petit con prétentieux. Fallait bien que ça arrive un jour ou l'autre et il vaut mieux pour lui que ce soit toi que moi qui inflige la correction… Allez, on rentre, on va boire une bonne quille pour fêter ça.

XXV

Les grosses villes de province, comme celle où était né et où vivait Thomas, avaient la particularité d'engendrer quelques familles de notables dont la surface sociale leur permettait d'exercer un pouvoir digne de petits seigneurs féodaux. À Paris ou dans toute autre capitale, leur influence aurait été diluée et contenue par les véritables puissants et les authentiques élites. En province, des bourgeois de vieille souche ou des parvenus de race plus récente pouvaient se constituer des domaines sur lesquels ils régnaient à la façon d'autocrates. Les Bosson étaient de ceux-là. Jean-Claude Bosson avait percé au tout début des années 1980 avec une agence de communication qui prospéra rapidement, il enchaîna avec des boutiques de vêtements puis d'antiquités tandis que sa femme, Laurence, l'épaula dans sa diversification. Suivirent des boîtes de cours privés, des salles de sport, des boutiques de téléphonie mobile, une chaîne de pizzerias et de bars à sushis.

Le couple déployait ses activités dans des sociétés aussi variées que leurs réseaux et leur entregent. Au fil des années, leurs trois fils les avaient rejoints tour à tour dans les affaires. Les fils Bosson étaient de parfaits abrutis, mais dans des genres tout à fait différents : l'aîné, un bellâtre, avait été doté par la nature d'un physique inversement proportionnel à ses facultés intellectuelles. Il se piquait d'« art » et de « culture », avançait quelques références creuses, parlait avec des guillemets dans la bouche. Ses parents lui avaient confié une galerie où quelques-uns de ses nombreux amis, tout aussi parasitaires que le rejeton, venaient exposer croûtes, photos et autres « installations ». Beau et con, il aurait fait un parfait candidat à la téléréalité. Avec l'âge, on pouvait craindre que sa connerie ne se fasse plus résistante et persévérante que sa beauté. Le second fils se révélait aussi idiot, mais son côté « ravi de la crèche » et son absence de prétention lui conféraient un capital de sympathie naturelle. Quant au cadet, il avait hérité du cynisme, de la vanité, de la superficialité et surtout du goût vorace pour l'argent de son père. Les parents se montraient très fiers de leurs progénitures, n'hésitant jamais à faire état de leurs brillantes réussites professionnelles qui ne résultaient que de l'argent et du carnet d'adresses familial dont les trois idiots avaient hérité. Pour ne rien gâcher, les Bosson s'aimaient beaucoup et tenaient à le faire savoir. De grandes photos d'eux trônaient dans la plupart de leurs sociétés et ils avaient également lancé un magazine trimestriel qui, sous couvert de donner des informations sur la vie économique et culturelle de la ville, généralement du publi-rédactionnel facturé au prix fort, servait avant tout à faire la promotion des multiples activités commerciales de la famille. De fait, on découvrait des clichés des Bosson sur presque toutes les pages de la publication, jusqu'à l'incontournable carnet mondain des dernières pages où ils plastronnaient, là une coupe de champagne à la main, ici pour une œuvre caritative, ailleurs lors d'une inauguration quelconque. Ce culte de la personnalité était un objet de risée, mais personne n'aurait osé s'en moquer devant eux. On les surnommait Les Dalton, La Famille Addams, les Ewing ou les Rougon-Macquart en prenant garde que les insolences ne leur remontent pas aux oreilles. Car, à l'instar du « Padre », Jean-Claude, s'ils semblaient d'un abord chaleureux et sans manières – des tapes dans le dos, une blague, un tutoiement facile… –, ils pouvaient se révéler très méchants, en particulier Laurence Bosson, sorte de vipère aux yeux verts dont les ragots avaient causé bien des ravages. Très belle alors qu'elle approchait des soixante ans, elle couchait utile avec des politiques, des avocats, ou des hommes d'affaires. Son mari, bien que n'étant pas insensible aux avantages qu'il pouvait occasionnellement tirer de ses propres infidélités, était d'abord guidé par l'appétit insatiable de sa libido. Les Bosson étaient terriblement de leur époque et de toutes les époques précédentes. Balzac avait dû les décrire quelque part.

Leur dernière idée était de créer un bar à vins, si possible avec des vins bio puisque cela semblait être la tendance. Évidemment, le nom de Berthet vint alors jusqu'à leurs oreilles. Lui avait côtoyé Jean-Claude et Laurence Bosson quelquefois, il y avait bien longtemps, lors de ses vies antérieures et ses professions d'avant le vin. Nul contentieux n'existait entre eux, alors quand Berthet reçut un mail du fils cadet, Arthur, il accepta de les voir.

— Robert, tu ne penses pas qu'on a assez de casse-pieds dans nos clients pour ne pas s'encombrer de ceux-là ? Je vois d'ici la petite histoire, cela va finir comme la soirée avec l'autre con de Fallet. Sauf que là, les Bosson sont des hargneux. Ils peuvent faire pression sur pas mal de restaurants avec lesquels on travaille si les choses se passent mal…, objecta Thomas.

— Tu n'as pas tout à fait tort, mais j'envisage l'histoire autrement. Les zozos veulent du vin bio ? Je vais leur refiler mes coucous, mes cuvées et mes millésimes bien pourris, pétés de gaz, oxydés, les trucs invendables… Ils n'y connaissent rien, ils croiront que c'est ça le bio. Ils vont adorer, crois-moi…

La stratégie possédait ses probabilités de réussite. Après quelques échanges téléphoniques, Robert et Thomas déboulèrent un mercredi après-midi dans le bar à vins dont les aménagements intérieurs s'achevaient. En quelques minutes, ils déchargèrent trente-six caisses de six bouteilles dans l'établissement (deux mille neuf cent vingt-trois euros TTC). Voilà, le premier deal était sur le point d'être conclu. Sauf que le cadet des Bosson se mit en tête de goûter les flacons sélectionnés par Berthet. Thomas vit le visage de son patron se figer quand le fils Bosson proposa d'ouvrir quelques cartons au hasard pour tester la marchandise. La première bouteille qu'il extirpa fut un blanc de Collioure particulièrement amer et dont la robe se cuivra presque aussitôt dans le verre sous l'effet de l'oxydation. Le fils Bosson grimaça comme devant un algorithme compliqué puis se pencha vers une caisse de vins de Loire. Là, le vin rouge présentait une robe très claire lorgnant sur le rosé, légèreté contredite par la bouche qui évoquait la terre et les champignons. Toujours silencieux, le dégustateur tomba ensuite sur un autre rouge. Thomas reconnut une bouteille de Gravier. Décidément, pas de chance.

— Putain, mais qu'est-ce que c'est que ces merdes ? C'est imbuvable ! Vous avez pas des vins normaux ?

Conscient d'avoir abusé sur la sélection des bouteilles, Berthet s'efforça d'argumenter. Il avança la fragilité des vins naturels, bien meilleurs et plus exigeants que les banals vins bio.

— Ils ont leur petit caractère… Ça goûte pas bien un jour et trois jours après c'est excellent. Puis, un transport en voiture ne leur fait jamais de bien. Ensuite, tous les goûts sont dans la nature, si je puis dire. Vous voyez, le blanc, je connais des gens qui se damneraient pour en avoir dans leur cave. Il est assez culte. C'est un vin d'auteur…

Alors qu'il usait d'explications qui ne paraissaient guère ébranler son interlocuteur, Berthet aperçut un grand escogriffe faisant son entrée dans le bar, l'aîné des Bosson, Alexandre.

— Salut Arthur, ça va ? dit-il à l'adresse de son frère avant de saluer poliment et avec un beau sourire de surfeur californien Thomas et Berthet.

— Ouais, non, je suis pas emballé par les vins…, répondit le cadet.

Le vendeur reprit son laïus sur le côté artiste de ces vins, leur singularité, leur rareté, leur beauté parfois difficile à saisir au premier abord. Le grand frère paraissait plus réceptif et demanda à goûter à son tour. Berthet lui servit un verre du blanc de Collioure puis alla chercher un rouge d'Ardèche plus facile que ceux déjà ouverts. Alexandre Bosson fit tourner le verre de blanc sous son nez, inspira en fermant les yeux puis le fit tourner en bouche.

— Moi, je trouve ça très bon ! Il y a un côté un peu ferreux et poire…

— Oui, c'est ça, très minéral avec des pointes d'agrumes, renchérit Berthet.

Le rouge eut aussi les faveurs de l'aîné.

— Hmmm… Pas mal du tout. Ça fait jus de raisin et ça pétille…

— Exactement, il est très fruité, grenache et syrah. La macération carbonique donne un léger perlant, ça permet de préserver le vin sans ajouter du soufre, mais si ça vous gêne, il suffit de carafer la bouteille ou bien de la dégazer comme ça…

Berthet posa un pouce sur le goulot de la bouteille, la secoua avec énergie à la grande surprise des deux frères et enleva son pouce en libérant le gaz dans un chuintement qui impressionna les frangins.

Chapeau l'artiste, se dit Thomas en observant Berthet.

— Ah ! Monsieur Berthet ! Cela faisait un moment !

Cette fois, c'était le père Bosson qui déboulait dans le bar tel un acteur soignant son entrée. Il ne manquait que les applaudissements du public.

— Tu vas bien ? Tu ne saoules pas mes fils, j'espère ?

Jean-Claude Bosson serra les mains à la façon d'un vieux copain ou d'un politicien en campagne électorale.

— On goûtait les vins, moi je les trouve bizarres, Alexandre les aime. Goûte papa, dis ce que t'en penses. On ne va pas acheter deux cents ou trois cents bouteilles comme ça…, lâcha le fils cadet.

— Deux cents ou trois cents bouteilles ? J'espère surtout qu'on aura vendu ça en quinze jours oui ! Faut voir grand les garçons ! Les Bosson ne vont pas ouvrir une buvette, mais le bar à vins branché de la ville. Il y aura tout le monde ici et j'espère bien qu'ils vont picoler !

Berthet opina dans un mouvement de tête signifiant « C'est bien ce que je disais ».

— Bon, qu'est-ce tu me sers de bon Robert ?

Prudemment, il fit goûter le vin d'Ardèche, la plus présentable des bouteilles ouvertes.

— C'est modeste, mais c'est bon. Un vin de soif, fruité, très vif, tout-terrain quoi..., prit-il soin d'annoncer.

— Ouais... C'est sympa. Un bon petit vin. Pas cher j'espère... Sinon, tu nous as mis du bordeaux ? Pour le champagne, on prendra des marques que les gens connaissent et qui douillent, pas du bio pour le coup.

— Les bordeaux, j'y réfléchissais justement... Je crois qu'il faudrait des vins de petits producteurs et quelques grands crus pour les clients qui veulent marquer le coup...

— Des bordeaux bio, ce serait bien. Ma femme veut du bordeaux bio. Ça existe ?

— Oui, bien sûr, tu penses... Attends, j'ai apporté une caisse d'un petit Bergerac qui s'en approche.

Le cadet des Bosson disposa, réclamé par son portable à d'autres occupations quand Berthet ouvrit la bouteille. Elle fut rapidement descendue. Une autre suivit.

— Bien sûr, les vins que l'on goûte sont pour moi, je ne les facturerai pas, précisa Berthet aux Bosson père et fils qui, les joues rosissantes, découvraient la buvabilité piégeuse des vins naturels. Alexandre Bosson interrogea Thomas sur son parcours et le coupa assez vite afin de pouvoir exposer le sien tandis que les anciens firent remonter à la surface de vieux souvenirs. Ils s'étaient suffisamment croisés durant les vingt-cinq dernières années pour nourrir une conversation stimulée par l'ivresse naissante. Il était maintenant un peu plus de dix-huit heures et Berthet s'aventura vers un blanc de Loire qui avait la particularité de souvent dégager une odeur d'œuf pourri. Thomas apprécia l'audace.

— Allez, une dernière pour la route ! dit son patron en avertissant qu'il ne s'agissait pas d'un vin insipide, aseptisé, maquillé, mais qu'il incarnait une certaine idée de son terroir, le travail d'un vigneron, une authenticité devenue rare, bref tout le discours à destination du gogo de base.

— Fais péter ta quille Robert ! réclama Jean-Claude Bosson alors que son fils grimaçait en se tenant l'estomac.

Le côté « digeste » des vins naturels, vanté par ses thuriféraires, avait un inconvénient pour certains organismes. « On dirait du jus de fruits », entendait-on dans la bouche de béotiens. Certes, mais ce jus de raisin fermenté si digeste pouvait entraîner quelques dommages collatéraux sur les boyaux des novices. Au Clup, Pierrot exposait le problème à Garcia avec son langage direct : « Tes vins, ils me filent la chiasse, direct. » Alexandre Bosson en fit l'apprentissage en se dirigeant vers les toilettes du futur bar à vins qui, quant à elles, étaient déjà en activité. Quelques minutes plus tard, il revint le teint blafard. C'était le moment de se quitter. Berthet et

Bosson se donnèrent l'accolade en se promettant de ne pas en rester là.

Dans la rue, Thomas appela Zoé et ne trouva que son répondeur. « Je t'embrasse mon cœur », dit-il avant de raccrocher, ne pouvant échapper à ces banalités que prononcent les amoureux. En regagnant son appartement avec l'idée de faire une sieste réparatrice, le jeune homme songea à Zoé, à sa blondeur, à ses petits yeux bleus en amande, à ses minuscules fossettes qui apparaissaient avec ses sourires, à la finesse de son allure, de ses hanches et de ses attaches, à la douceur de sa voix légèrement chantante qui distillait une sensualité innocente. Il aimait aussi que la vanité sociale et le paraître lui soient totalement étrangers. Elle préférait croire, ou espérer, en des vertus ordinaires, mais rares : l'honnêteté, la générosité, la décence, l'humilité, l'attention aux autres. Quelle grâce lui avait valu de croiser la route de cette Zoé si anachronique et, mieux encore, que celle-ci le reconnaisse à son tour comme un frère d'âme ? se demandait-il.

Des déceptions, des peines ou des souffrances que lui avait infligées la vie, elle n'en gardait aucun stigmate visible. Sa pudeur l'empêchait de s'épancher, de se plaindre, de gratter ses plaies, de céder au narcissisme.

Elle n'était pas parfaite, bien sûr, et Thomas se serait volontiers passé de sa garde-robe qui débordait un peu partout, de sa manie des Post-It, de son goût pour les sandales plates, de son indifférence absolue

DES HEURES HEUREUSES

à l'égard des vins qu'il lui faisait boire, mais tout cela pesait peu face à ce qu'elle lui offrait : ce maelström d'émotions, de sentiments obscurs et précieux où l'existence plongeait ses racines, de prémonitions d'une vie à venir qui ne tiendrait peut-être pas toutes ses promesses, mais qui en conservait la possibilité avant que la nostalgie des années éteintes et la mélancolie des fêtes évanouies ne rétrécissent la focale et n'effacent l'horizon.

Berthet en fut surpris, mais les Bosson ne donnèrent pas suite à la première commande qu'ils réglèrent avec plus de trois mois de retard.

XXVI

Après les Bosson, il y eut encore d'autres démarchages plus ou moins concluants, l'année 2012 avait commencé timidement comme si la prochaine élection présidentielle mettait en sommeil les initiatives. On attendait, on voulait voir la suite avant de se décider. Puis, les crimes de Mohammed Merah avaient glacé le pays. Thomas se dit qu'il faudrait peut-être un jour quitter la France. Au-delà de ce fait divers sanglant où même des enfants avaient été abattus froidement, quelque chose s'était cassé bien avant. La haine des Juifs qui sévissait dans l'Hexagone prenait un tour nouveau et meurtrier, mais n'était que le thermomètre et le signe avant-coureur d'une haine bien plus vaste. Nous vivions « les temps de tout avènement et de toute destruction possibles », avait lu Thomas des années avant dans un roman. L'expression l'avait marqué, mais il ne voulait pas désespérer jusqu'au bout. Si les choses tournaient vraiment mal, il y aurait des portes de sortie. Pourquoi pas Lisbonne ou le Brésil ? Zoé trancherait.

Début avril, Berthet avait rendez-vous à la Romanée-Conti comme il l'avait promis à Thomas. Il avait réservé un vol pour Paris à treize heures et une voiture de location les attendait à Orly. Deux chambres avaient également été réservées dans l'hôtel de Laborde accolé à son restaurant. Le soir, ils y dîneraient, prendraient la route vers neuf heures le lendemain matin avec une halte dans un restaurant étoilé situé à une cinquantaine de kilomètres du domaine où, à quinze heures trente, l'un des deux cogérants leur ferait faire le tour du propriétaire avant de déguster les prestigieux crus sur fûts. À Orly, la voiture demandée par Berthet, une Mégane III RS, n'était pas au rendez-vous. Une Mégane III GT la remplaçait, ce qui lui mit les nerfs en pelote. Il maugréa, protesta, réclama un responsable quand la jeune fille à l'accueil de l'agence osa faire remarquer que le modèle proposé était assez voisin de celui qu'il avait commandé.

Petit un, la Mégane III GT n'a rien à voir. Petit deux : je voudrais savoir s'il s'agit d'une erreur de votre part ou si vous m'aviez sciemment promis une RS alors que vous saviez que vous n'auriez qu'une GT. Bref, soit vous êtes incompétents, soit vous êtes des menteurs. Alors, allez me chercher quelqu'un qui pourra me répondre...

— Robert, on s'en fout... On ne va pas passer la journée ici. C'est bon, on prend la caisse.

— C'est moi qui vais conduire et c'est moi qui paie. Je peux tout de même choisir ma voiture, non ? Ils vont m'entendre ces escrocs...

Dix minutes plus tard, le casse-pieds prit le volant de la GT car la seule alternative émise par le responsable appelé en renfort avait été de rembourser le client récalcitrant en l'invitant à aller voir la concurrence.

La circulation fluide sur le périphérique calma le courroux de Berthet qui ne put toutefois s'empêcher de déplorer que la voiture n'ait pas assez de répondant.

— On va en Bourgogne, on ne va pas faire les 24 Heures du Mans, elle suffira bien, osa Thomas.

La réponse de Berthet fut d'appuyer rageusement sur le champignon. Quinze minutes plus tard, le jardin du Luxembourg offrait son meilleur profil. Après avoir fait connaissance avec sa chambre d'hôtel dont le confort cossu donnait envie de ne pas la quitter, Thomas prit la direction du boulevard Saint-Germain où il flâna en se mêlant à des passants pressés, acheta des cartes postales dans une librairie puis des timbres dans un bureau de tabac avant de revenir vers Odéon avec un détour par la cathédrale Saint-Sulpice. Il avait quartier libre jusqu'au dîner et décida de s'installer sur la terrasse chauffée du restaurant de Laborde pour faire sa correspondance. Les gens n'écrivaient plus, disait-on. Les boîtes aux lettres recevaient surtout des publicités, des factures. Les mails, les SMS et autres fulgurances numériques avaient remplacé les courriers traditionnels, mais les cartes postales résistaient bien en France. Thomas contribuait à la survie de cet archaïsme. Un verre de muscat corse à portée de main, il sortit les cartes : des vues du vieux Paris pour ses parents et Mathilde, une carte de Plonk & Replonk pour Amandine. À Zoé, il écrirait sur le menu du soir du restaurant que l'établissement imprimait chaque jour en cartes postales destinées à être offertes aux clients en souvenir. Alors qu'il s'était mis à la tâche, il fut interrompu par Stéphane Lacoche qui sortait du restaurant avec le visage barbouillé signalant un déjeuner aussi prolongé qu'arrosé.

— Salut Thomas, comment ça va ? Qu'est-ce que tu fais là ? T'envoies des cartes postales ? C'est grand ça !

Il posa son cartable en cuir sur une chaise, s'assit à côté de Thomas et commanda à une serveuse un verre de jurançon avant d'exposer sa théorie de la carte postale. En apprenant la raison de la présence de Thomas, l'écrivain se lança dans un exposé passionné sur la Romanée-Conti, les climats, les paysages de la Bourgogne et le réchauffement climatique. Alain Laborde apparut à son tour et fit la bise à Thomas.

— Je n'ai pas vu Robert, vous êtes bien installés à l'hôtel ? Tu veux boire un verre ? Bérangère, tu peux mettre la même chose ?

— Oui, pour moi aussi, cria Lacoche.

— Steph, tu devais pas rentrer chez toi il y a un quart d'heure ? Tu arrêtes de boire pour aujourd'hui, intima Laborde avec l'autorité bienveillante qu'autorise l'amitié. Bon, Thomas, on se voit ce soir, reprit le chef en allant à l'hôtel.

Ne voyant pas un nouveau verre venir, Lacoche suggéra une position de repli.

— Viens, on va chez Michael boire des bières...

Thomas déclina l'invitation et vit la silhouette ronde de Lacoche se diriger vers la rue des Quatre-Vents sans se soucier des véhicules à quatre et à deux roues filant sur le carrefour de l'Odéon. De jolies femmes passaient avec une régularité impressionnante devant la terrasse du restaurant, des musiciens aussi quémandant quelques pièces, des silhouettes fuyantes, des hommes en costume qui semblaient appelés par des situations urgentes, des adolescents lambins et rigolards... Ce spectacle des rues fascinait toujours autant Thomas qui éprouvait auprès de ses contemporains un sentiment paradoxal de communion et d'étrangeté. Il revint à ses cartes, songea à un alexandrin – « Pour qui sont ces serpents qui sifflent sur vos têtes ? » – n'ayant que peu à voir avec ce qu'il voulait écrire à ses parents, mais on ne contrôle pas ses pensées quand l'esprit déambule. Les cartes écrites, il marcha vers le bureau de poste de la rue de Rennes puis retrouva sa chambre où il alluma la télévision en faisant défiler les chaînes sur la télécommande. Du foot étranger, de l'info en continu, des clips, de vieilles sitcoms ou séries anglo-saxonnes en version française, des émissions sur l'actualité des people se succédaient. À un moment, il tomba sur « Questions pour un champion » dont l'animateur, Julien Lepers, ressemblait insolemment à Michael Keaton, l'interprète de Batman dans les films de Tim

Des heures heureuses

Burton. C'était étonnant de voir Batman, ou plutôt Bruce Wayne, son identité dans le civil, poser des questions de culture générale à des anonymes aux vêtements souvent colorés. Thomas changea de chaîne et s'endormit. À son réveil, une bande de gogols glapissait sur un plateau autour d'un animateur barbu au rire d'hyène. Thomas ne comprenait pas ce que ces gens disaient ni à quoi ils faisaient allusion. Visiblement, ils parlaient d'eux et s'en félicitaient. Tout le monde riait. Cela donnait une impression de fin du monde, de fin de tout, de *Titanic* sans le luxe et le grandiose du paquebot géant.

Il était bientôt l'heure de rejoindre Berthet au restaurant, Thomas prit le temps de se doucher et entra dans la petite salle déjà bien remplie où il repéra son patron en train de boire un verre de blanc. Arrivèrent en amuse-bouche des toasts de foie gras recouverts de truffe, puis des rougets frits, une dorade royale avec une soupe de poisson de roche et une oie béarnaise rôtie. Le chef leur fit apporter une portion du lièvre à la royale, l'un de ses plats fétiches, avant le plateau de fromages et le dessert où des fruits exotiques accompagnaient un biscuit à l'orange et un sorbet au lait de chèvre. Au moment des cafés, Thomas reconnut Maulin devant la terrasse du restaurant devisant avec le chef de salle. À son tour, le vigneron vit Thomas et Berthet et fit irruption dans la salle accompagné d'un grand type.

— Ah! Les petits copains! Alors, on se tape la cloche?

Le restaurant s'était vidé, Maulin s'installa à la table de Berthet et Thomas en invitant son acolyte à faire de même. Celui-ci affichait une sérénité slave de bûcheron russe, de criminel de guerre croate ou de bandit bulgare. Maulin réclama une bouteille et présenta Dragomir en compagnie duquel il était venu faire des livraisons dans la capitale.

— C'est marrant Dragomir comme nom. Et ton prénom ? demanda Berthet.

— Juste Dragomir, comme Madonna.

— Drago est Serbe, précisa Maulin. Faut pas évoquer le Kosovo devant lui, ça l'énerve...

En effet, le seul nom de l'ancienne province serbe au statut international assez flou fit maugréer Dragomir dans sa langue maternelle.

— Ouais, parlons football plutôt. Grands footballeurs les Serbes ! Très populaires en France ! déclara Berthet qui ne résista pas à l'envie d'étaler sa culture en ballon rond.

— Ah, l'Étoile rouge de Belgrade ! Stojković, Mihajlović, Jugović, Stanković, Prosinečki...

— « Prozinechki » est Croate, pas Serbe, rectifia aussitôt Dragomir.

— Bon, et après ça, si on allait boire un coup au Moose ? C'est moi qui régale, proposa Maulin pour couper court à de possibles explications ethnico-footballistiques.

— Sans moi, demain matin on se lève tôt et j'ai de la route. On va en Bourgogne, je vais faire visiter la Romanée-Conti à Thomas...

— Bobby, fais pas le snob et l'anti-fête. Un p'tit coup au Moose, ça peut pas faire de mal, objecta le vigneron.
— Non, je suis crevé. Vous saluerez Michael, mais je vais me coucher. Allez, la bouteille est pour moi. Thomas, si t'y vas, tu ne te bourres pas la gueule. On a de grandes choses à goûter demain.
— T'inquiète patron, je serai sage.
C'est donc en compagnie de Maulin et de Dragomir que Thomas alla au Moose qui, outre le fait de servir des vins naturels, possédait l'avantage de se situer à cent cinquante mètres du restaurant de Laborde. Après avoir poussé la porte du Moose, Maulin se dirigea vers la salle du fond en fendant une mince assistance. Là, un serveur derrière le bar invita le trio à se déplacer près de l'entrée. La suggestion se défendait : il était près d'une heure et le personnel s'apprêtait à faire le ménage en rapatriant les derniers clients, mais Maulin vit rouge, menaça le serveur de châtiments corporels et de sévices médiévaux. Le patron, Michael, Australien débonnaire et souriant, était absent. Dommage, il aurait dissipé le différend. Le vigneron hurla, jeta un tabouret au sol, en brandit un autre pour bien faire sentir son courroux. Un client surgit d'un petit groupe et s'interposa avec autorité. À court d'arguments devant la fureur de Maulin abreuvant d'injures le malheureux serveur, le négociateur qui ne devait pas avoir plus de vingt-cinq ans brandit une carte affichant sa profession :

un flic. C'était bien la dernière corporation à soumettre au récalcitrant.

— Espèce de crétin des Alpes, tu crois que le fait d'être une crevure de flic va m'empêcher de te casser la gueule ? Fumier, je vais te faire courir, moi...

Le représentant de la République ne s'en laissa pas conter et puisa dans un vocabulaire que l'on eût cru, en raison des préjugés de l'époque, appartenir plutôt aux « racailles » de banlieues qu'à un honorable policier. Thomas s'interposa, tenta de calmer Maulin, d'écarter les amis du condé qui se faisaient à leur tour véhéments et réussit à établir un début de dialogue avec le fonctionnaire. Impassible, Dragomir s'était saisi d'une bouteille vide qu'il tenait derrière sa jambe droite.

— Écoute, mon ami est rôti. Il a déconné, d'accord. Mais avoue que toi aussi tu ne devrais pas parler comme ça. Cela ne va rien arranger..., dit Thomas avec un sourire pacifique qui marqua la fin des hostilités malgré des grommellements partagés.

Il proposa à Maulin et Dragomir de revenir au restaurant de Laborde, mais celui-ci était maintenant fermé ainsi que le bar mitoyen. Le repli au bar clandestin de Jipé, à une trentaine de mètres du Moose, s'imposa.

— Des flics sont venus il y a cinq minutes. Ils vous cherchaient. Vous faites chier. Je n'ai pas besoin de ça. Barrez-vous ! vociféra Jipé.

À peine Maulin avait-il émis l'idée de tenter une autre incursion au Moose qu'un fourgon déboula et s'arrêta à la hauteur des trois hommes. Le jeune flic en civil avec lequel Maulin avait eu des mots était devant le bar et désignait le groupe à ses collègues en uniformes. Ceux-ci ordonnèrent à Maulin, Dragomir et Thomas de rentrer immédiatement chez eux, ce qui déclencha des bordées d'injures du vigneron. La plaisanterie risquait de s'achever au poste. De leur côté, Dragomir et Thomas se montraient parfaitement flegmatiques, polis, obéissants. Cela détonnait avec l'état d'ébriété et de rage du flic en civil qui insultait la mère de Maulin et invitait celui-ci à des pratiques homosexuelles passives. Si les agents embarquaient le vigneron et ses deux amis, ils devraient également mettre dans le fourgon le gamin trop excité, ce qui ferait mauvais genre pour la réputation du fonctionnaire. Thomas incita ses compagnons à déguerpir. Ils attendaient maintenant depuis dix minutes sur un banc du boulevard Saint-Germain quand le même fourgon s'arrêta devant eux. La portière coulissa et apparut un policier à la voix métallique.

— On ne vous a pas dit de rentrer chez vous ? Allez, dégagez !

— On n'a pas d'argent pour le taxi. Tu n'as qu'à nous en filer, rétorqua Maulin.

— Si on vous revoit, cela va mal finir, trancha l'uniforme qui fit mine de sortir de l'habitacle.

Le plus sage était d'obtempérer et Thomas en convainquit ses acolytes. Cette fois, le trio se quitta pour de bon devant l'hôtel de Laborde.

Le lendemain matin, Thomas et Berthet partagèrent un copieux petit-déjeuner dans la salle du restaurant. Le récit des avanies de la veille fit rire l'aîné.

— Je me doutais que Maulin avait la tête aux bêtises. S'il a les yeux luisants, c'est mauvais signe, ou bon, c'est selon. Mais moi, je suis trop vieux pour ces conneries...

Ils prirent la route pour la Bourgogne, un beau soleil de printemps les accompagna et ils arrivèrent au restaurant avec quarante-cinq minutes de retard – performance que Berthet imputa aux autres automobilistes et au manque de reprise de la Mégane. Le déjeuner achevé, excellent et arrosé seulement de deux verres de vin pour chacun, histoire de ne pas dépasser l'alcoolémie autorisée et de ne pas s'encombrer le palais avant la dégustation à la Romanée-Conti, le conducteur fit chauffer la gomme pour ne pas être en retard au domaine.

Les majestueux paysages de la route des grands crus et la perspective du moment à venir portaient Berthet aux confidences.

— Tu sais... J'ai un fils... Il a ton âge, enfin presque, vingt et un ans. Je ne l'ai jamais vu, mais il n'y a pas un jour que Dieu fait où je ne pense pas à lui... Je ne sais pas pourquoi je te dis ça... J'aurais aimé l'amener lui aussi à la Romanée-Conti, lui montrer ces paysages, lui faire goûter les plus beaux vins au monde...

Ce furent les derniers mots que Thomas entendit car, un peu avant l'entrée dans le village de Vosne-Romanée,

Des heures heureuses

le conducteur perdit le contrôle de la voiture qui fit un tête-à-queue et fut violemment percutée côté passager par un camion. Dans un amas de tôle froissée, le jeune homme mourut sur le coup. Berthet, quant à lui, s'en tira avec quelques contusions et des blessures moins visibles, mais plus douloureuses.

XXVII

Paris, le 7 avril 2012

Mes chers parents,
Quelques mots depuis la terrasse du restaurant d'Alain Laborde où je dînerai ce soir. En dépit des apparences, Paris est toujours Paris. Ça grouille, ça bouge, les femmes sont belles et le savent. Demain la Bourgogne et le domaine de la Romanée-Conti… Sur ce coup, je dois une fière chandelle à ce sacré Berthet. Je boirai à votre santé ! À très vite.
Je vous embrasse fort. Votre fils préféré.
Thomas

*

Paris, le 7 avril 2012

Ma chère Mathilde,
« Nous aurons toujours Paris. » C'est dans quel film ? Interdiction de demander à Google… Je relève la copie à mon retour !
Ton frère qui t'embrasse.
Thomas

Des heures heureuses

*

Paris le 7 avril 2012

Ma chère Amandine,
Une carte pour te faire rire, ce que tu fais de mieux !
Non, je plaisante… Sois sage en attendant et, comme disait le poète, prends garde à la douceur des choses.
Ton frère adulé.
Thomas

*

Paris, le 7 avril 2012

Mon cœur tendre,
Voici au recto mon menu de ce soir. Je ne l'ai pas encore goûté évidemment, mais j'en ai l'eau à la bouche et je te vois d'ici te lécher les babines. Je pourrais te dire « À vendredi », mais quand tu liras ces mots, je t'aurai déjà embrassée mille fois. Demain sera une très belle journée et pourtant tu me manques. J'ai hâte de te retrouver.
Ton dernier amour.
Thomas

XXVIII

« Aucun chagrin ne résiste à une bouteille de vin naturel ! », disait souvent Robert Berthet. Il aurait l'occasion de mettre son adage à l'épreuve et d'en découvrir, par là même, la relative faiblesse. Il découvrirait aussi la stupeur de survivre à des enfants, transformant des adultes en orphelins, et la contrainte par esprit – comme il y a des contraintes par corps – que peuvent exercer les amitiés disparues. Il lui faudrait apprendre à vivre avec cette présence invisible, ses échos et ses reflets, atténués ou étonnamment prégnants. Sans le savoir encore, il s'apprêtait à entrer dans un long hiver.

Imprimé en France par CPI
en avril 2018

Cet ouvrage a été mis en pages par

<pixellence>

Dépôt légal : mai 2018
N° d'édition : L.01ELJN000836.N001
N° d'impression : 146552